एक पहल

सफलता की ओर

notionpress.com

एक पहल
सफलता की ओर

नितिन प्रताप सिंह

notionpress
.com

Notion Press

Old No. 38, New No. 6

McNichols Road, Chetpet

Chennai - 600 031

First Published by Notion Press 2016

ISBN 978-93-5206-855-5

समर्पण

....यह पुस्तक मैं अपने आदरणीय पिताजी तथा मुझे इस अद्भुत संसार में लाकर मुझ पर उपकार करने वाली परमप्रिय माँ को समर्पित करता हूँ, और साथ ही ईश्वर से कामना करता हूँ कि मुझे हर जन्म में आप दोनों का सानिध्य प्राप्त हो।

“तुम साथ-साथ चलना,मैं मंजिल ला दूंगा
तुम बादल बन जाना,मैं वारिश ला दूंगा
हम साथ रहे यूँ ही,तो वादा करता हूँ,
मैं दुनियाँ के अधरों पर भारत ला दूंगा”।

- नितिन प्रताप सिंह

अंतर्वस्तु

आभार

सर्वप्रथम मैं उस ईश्वर के प्रति आभार व्यक्त करता हूँ, जिसने इस सृष्टि का सृजन किया है।

श्रीमती प्रकाशवती (मेरी माँ) - आपके प्यार और सानिध्य के बिना, मैं यह कभी नहीं कर सकता था। मेरी माँ होने के लिये, आपका बेटा आपके प्रति असीम आभार व्यक्त करता है।

श्री हिंदपाल सिंह (मेरे पिताजी) - आप हमेशा से ही मेरी प्रेरणा स्रोत रहे हैं। ज़िन्दगी के हर कठिन परिस्थिति में आप मुझे समझाते आए। सिर्फ आपकी वजह से मैं अपने विचारों को एक पुस्तक का रूप दे पाया, इसके लिये आपके प्रति मैं हार्दिक आभार व्यक्त करता हूँ।

सचिन प्रताप सिंह (भाई), विनीत कुमार सिंह (भाई), प्रदीप कुमार सिंह (भाई), यतिन शर्मा(भाई), रामा देवी (भाभी), संध्या सिंह(दीदी),प्रदीप सिंह(जीजा जी) रचना सिंह(मामी) आप सभी का बहुत-बहुत धन्यवाद, समय-समय पर आपसे मिलने वाले प्रोत्साहन ने मुझे निरंतरता प्रदान की।

तिवारी, आदित्य, प्रशांत ,आकांक्षा, विवेक, अनुज, सुनाक्षी एवं उन तमाम साथियों का आभार व्यक्त करता हूँ जिन्होंने मेरे कार्य को सराहा और अपने सुझाव दिये।

प्रस्तावना

इस “साधारण और खुद के अनुभवों से प्रेरित” पुस्तक को लिखा जरुर मैंने है लेकिन सच बात तो यह है कि - इसकी वजह वह हर एक विध्यार्थी है जो प्रतिभा का धनी होते हुए भी महज संसाधनों एवम् उचित मार्गदर्शन के अभाव में खुद को अंधकार से तृप्त दुनियाँ में खो देता है।जहाँ आतंकवाद, चोरी, और दासता का शाशन फलने-फूलने लगता है, और तब जन्म होता है अलकायदा, अल्फा, आईऐसआईऐस जैसे आतंकवादी संगठनों का जो सीरिया जैसे देशों में मानवता को तबाह कर, दुनियाँ को ये दर्शाना चाहते हैं कि नियति और प्रकृति में उनसे बड़ा कोई और है ही नहीं। मेरी तमन्ना थी कि अपनी कमियाँ, अपने अनुभव व अपने अंतर्मन के विचारों को उस हर युवा तक पहुंचा दूँ जो, मुझे पढ़ कर यह महसूस करे कि सफलता किसी एक धर्म, समुदाय,या जाति के हिस्से में नहीं है और न ही ग़रीबी-अमीरी से प्रभावित है। सफलता तो बस उसी की दासी है जिसने इसे पाने के लिए एक लंबे समय से तैयारी की है। जो बीच-बीच में गिरा जरुर था लेकिन हारा नहीं। जो विषम परिस्थितियों में विचलित तो जरूर हुआ लेकिन- डरा नहीं बल्कि लड़ता रहा और एक दिन जीत ने उसे ही गले लगाया। मैंने प्रत्येक वाक्यांश में जीवंतता लाने का हर संभव प्रयास किया है, क्योंकि मैंने इसे जिया है, मेरी उम्र के साथियों मेरी कोशिश है कि वह हर वक्तव्य आपके समक्ष प्रस्तुत करूँ जो भविष्य में कहीं

न कहीं, कभी न कभी आपके काम आ सके। जो आपको आपकी मंजिल तक के सफर को आसान बनाने में आपकी मदद कर सके,। आप बेहतर से बेहतर कर सकें, अपने आप पर गर्वांवित होने की बजाय स्वयं को सफलता की प्रप्ति के लिये प्रयासरत रखें ताकि सफल होने के बाद आपके माता-पिता, आपके भाई-बहन, आपका गांव, आपका जिला, आपका प्रदेश, और आपका देश आप पर गर्व कर सके।

सभी चाहते हैं कि कुछ अच्छा बनें, लेकिन सभी ये नहीं चाहते कि कुछ अच्छा करने के लिये दिलो-जान से मेहनत भी करें। सफलता का कोई छोटा माध्यम नहीं है, जब मेहनत और लगन से तैयारी की जाती है, तब रास्ते खुद व खुद छोटे लगने लगते हैं। हमारी छोटी-छोटी कामयाबी ही एक दिन बड़ी बन जाती है, और ऐसा तब होता है, जब हम अपना प्रत्येक काम बेहतर ढंग से करने में सफल होने लगते हैं। हमारी ज़िन्दगी भी अगर सही मायनों में देखा जाये तो हमारी नहीं है, बल्कि यह एक कर्ज की तरह है, जो हमारे माँ-बाप का हम सभी पर है, हमें इस कर्ज को सफलता की दौलत से हर हाल में चुकाना ही होगा, अन्यथा जब हम ईश्वर के पास जायेंगे तब उसके प्रश्नों का सामना नहीं कर पायेंगे, क्योंकि आस्था हमें गलत काम करने से रोकती है। इसलिये मैंने उपर्युक्त बात को आपके समक्ष भी रखा, जिसे मैं भी मानता हूँ और इसे अपनी असल ज़िन्दगी में लागू करने की कोशिश भी करता हूँ। साथियों असली ज़िन्दगी तो वह है- "जिसमें प्रतिष्ठा और सम्मान हो, जहां हजारों-लाखों लोग हों और आप उनमें से एक हों"

प्रिय पाठकों जिस विषय पर आप मुझे सुनने जा रहे हैं उस विषय पर कई महान/बड़े व्यक्ति लिख चुके हैं, (शिवखेड़ा जी, रोबिन जी, अनुज खरे जी) लेकिन फिर भी मैं लिख रहा

हूँ, क्योंकि किसी ने कहा है कि ज्ञान कभी खत्म नहीं होता, इसका कोई अंत है ही नहीं, जितनी बार कोई चीज हम पढ़ते हैं उतनी ही बार कुछ न कुछ हमेशा नया सीखने को मिलता है। ठीक उसी प्रकार किसी विषय पर जब कोई लिखता है तो कुछ न कुछ चीजें छूट ही जाती हैं, और उन्हें उनमें जोड़ते रहना ही हमारा काम है क्योंकि समय के साथ कुछ चीजें बदलती रहती हैं। ऐसी ही कुछ बातों से प्रेरित होकर मैंने भी एक बार फिर उन्हीं बातों में कुछ छूटी हुई बातों को लिखने का प्रयास किया है। "हमारे कल का वास्ता हमारे आज से नहीं है" जो ऐसा मानते हैं और जो इसके विरोध में हैं, मैं दोनों पक्षों में सही गलत का फैसला नहीं कर सकता क्योंकि इन बातों के कोई पुख्ता प्रमाण नहीं दिये जा सकते। मैं एक अभियंता (इंजीनियर) हूँ तो इसका मतलब यह बिल्कुल भी नहीं है कि अभियांत्रिकी से जुड़ी समस्त चीजों का मुझे ज्ञान होगा और न ही यह कि अन्य विषयों में मेरा ज्ञान शून्य होगा, ये बिल्कुल भी जरूरी नहीं है कि साहित्य का ज्ञान सिर्फ साहित्यकार को ही हो सकता है, किसी अन्य को नहीं, अन्यथा तब शायद चेतन भगत, रवीन्द्र सिंह जैसे प्रसिध भारतीय लेखक अपनी लेखनी से लोगों को कभी नहीं आकर्षित कर पाते।

इन्हीं कुछ व्यक्तित्वों से प्रेरित होकर मैंने भी कुछ लिखने का साहस किया है और सबसे बड़ी बात तो यह है कि मैं न तो कोई सफल व्यक्ति हूँ और न ही मुकेश अंबानी का बेटा जो प्रसिधि विरासत में लेकर पैदा हुआ हो। मैं तो महज एक साधारण शिक्षक का बेटा हूँ, और मुझे इस बात पर गर्व है, इसी से प्रेरित होकर उस रास्ते पे निकल पड़ा हूँ जो मेरी मंजिल तक जाता है। मैं सफल हो जाऊँ या न हो पाऊँ लेकिन इन सभी बातों से वे तथ्य कभी नहीं बदलेंगे जो

सफलता को प्राप्त करने के लिये बेहद जरूरी हैं। अभी तक जिन व्यक्तियों ने इस विषय पर लिखा है, वे सभी सफल हैं, प्रसिध हैं और मैं उपर्युक्त दोनो बातों में किसी भी बात पर खरा नहीं उतरता हूँ।

लेकिन फिर भी लिख रहा हूँ- यह सोंच कर जिससे वे विध्यार्थी कुछ सीख ले सकें जो एक बेहतर जिंदगी के हकदार होते हुए भी कमजोर तैयारी एवम् संसाधनों के अभाव की वजह से उसे खो देते हैं। मैंने 12 से 21 वर्ष के विध्यार्थी जीवन के हर पहेलू, हर मंजर को इस पुस्तक में व्यक्त करने की पूरी कोशिश की है जो हमारे जीवन का एक अभिन्न हिस्सा है और यही हिस्सा हमारी शेष जिंद्गी को सबसे ज्यादा प्रभावित भी करता है। विध्यार्थी जीवन अगर किसी का अच्छे से गुजरता है, तो वेशक वह कुछ अच्छा कर ही जाता है लेकिन इसका विपरीत सही है या गलत है, नहीं कहा जा सकता क्योंकि कई अपवाद मिलते हैं। लेकिन इतना फिर भी कहूंगा कि हर कोई कालिदास नहीं होता और न ही डॉक्टर ए.पी.जे अव्दुल कलाम जो अन्त में अपना तन, मन, धन सब कुछ अपनी मेहनत पर न्यौछावर करके एक उच्च व्यक्तित्व का निर्माण कर जाते हैं।

इसीलिए हमें शुरुआत से ही खुद को बनाना होगा, अधिक से अधिक मेहनत करनी होगी, अपना आधार भी मजबूत करना होगा जिससे एक विशाल इमारत का निर्माण किया जा सके, ऐसी इमारत जो तूफान आने पर भी टिकी रहे और बेबसों को सहारा दे। जहाँ २६/११ जैसे अमानवीय कृत्यों का संभव होना तो दूर उसके बारे में कोई सोचने की भी जुर्रत न करे।

इस पुस्तक के माध्यम से मैंने अपने समस्त अनुभवों को संछेप में वर्णित किया है ,मुझे पूर्ण विश्वाश है कि इस पुस्तक के कुछ अंश आपको वेहद प्रभावित करेंगे, आपको ऐसा प्रतीत होगा के कुछ क्षण जीवंत हो गये हैं। मैंनें मुख्य रूप से उस प्रत्येक अंश को वर्णित किया है जो विध्यार्थी जीवन को सबसे ज्यादा प्रभावित करता है। मुझे ये लिखते हुए वेहद खुशी हो रही है कि फिल्म "जय हो" में जब सलमान खान किसी की सहायता करता हैं, तब लोग उसे उनकी मदद करने के लिए धन्यवाद कहते हैं उस समय सलमान खान उनसे कहता है कि "मुझे धन्यवाद कहने की बजाय आप भविष्य में किन्हीं तीन जरूरतमंद लोगों की मदद कर देना और उनसे कहना कि वे भविश्य में और किन्ही तीन असहाय लोगों की मदद कर दें......और आगे भी ये क्रम जारी रखें, समझ लेना कि मेरा आपकी मदद करना मेरे लिए सार्थक सिध हो गया"। ठीक उसी प्रकार मेरी भी यही आकांक्षा है कि अगर एक भी व्यक्ति मेरी पुस्तक पढ़कर कुछ सीख पाया तो उससे मेरी गुजारिश है कि वह भी उपर्युक्त वाक्यांशो को ध्यान मे रखकर किसी दूसरे व्यक्ति को जरूर सिखाए और इस क्रम को जीवनपर्यंत निरंतर जारी रखे। तब मैं समझूंगा कि मेरा लिखना सार्थक सिध हो गया। मुझे उम्मीद है कि मेरी यह कुछ पन्नों की किताब हर उस विध्यार्थी को भविष्य में उचित रास्ता दिखाने में उसकी मदद करेगी जो निरंतर अपने लक्ष्य की प्राप्ति के लिए संघर्षरत है। मेरे अध्यापक मुझसे कहा करते थे कि नितिन "जीवन के प्रत्येक हिस्से की कीमत तभी समझी जा सकती है जब आपने उसे जिया हो" मैं एक मध्यम वर्ग के परिवर से संबन्ध रखता हूँ। अमीरी का तजुर्बा तो मुझे नहीं है लेकिन गरीबी की समझ थोड़ी बहुत जरुर रखता हूँ। मैंने सच लिखने की कोशिश की है,

आदर्श नहीं, जो कहने-सुनने में तो बहुत अच्छे लगते हैं लेकिन वास्तविक जीवन में उनका कोई उपयोग नहीं होता है। ज़िन्दगी का तजुर्बा मुझे बहुत ज्यादा तो नहीं है लेकिन इतना जरूर है कि जिससे मैं आपको यह बता सकूँ कि इस प्रतियोगिता के दौर में हमें किन-किन बाधाओं से होकर गुजरना पड़ सकता है? हमें कैसे-कैसे हालातों का सामना करना पड़ सकता है? और साथ ही यह भी कि हम ज़िन्दगी की कसौटी पर खरे कैसे उतर सकते हैं? इसी से जुड़ी एक कवि की कुछ पंक्तियां मुझे याद आती हैं जो हमारे वर्तमान संघर्ष को निरंतर जारी रखने का हमें संदेश देती हैं-

"जानता जब तू कि कुछ भी हो तुझे बढ़ना पड़ेगा।
आँधियों से ही न खुद से भी तुझे लड़ना पड़ेगा।
सामने जब तक पड़ा कर्तव्य पथ तब तक मनुज,
जो मौत भी आए अगर तो मौत से भिड़ना पड़ेगा"।

लिखने की प्रमुख वजह

"माना कि इस जमीन को चमन न बना सके हम मगर जहाँ भी गये कुछ काँटे तो कम कर गये हम"

मेरे नारे से शायद मेरे लिखने की वजह आप सभी कुछ हद तक जरूर समझ गये होंगे। मैं भी आप के ही बीच का और आप ही के दौर का हूँ, न कोई आईआईटी स्नातक, न कोई प्रसिध लेखक, न किसी अमीर पिता का बेटा हूँ, जो प्रसिधि विरासत में लेकर पैदा हुआ हो, मैं भी आप ही की तरह एक साधारण विध्यार्थी हूँ, जिसके पास अभी कोई न तो प्रसिधि है और न ही अभी कोई ऐसी ठोस वजह। जिसके माध्यम से यह अनुमान लगा लिया जाये कि भविश्य में बहुत नाम कमाऊँगा। सच कहूँ तो मैं तो यह भी नहीं जानता कि कितनों को एक साधारण इंसान की बातों पर विश्वास होगा क्योंकि नियति और प्रकृति में अभी तक हम उसे ही सुनना पसंद करते आए हैं जो किसी खास वजह से लोगों के बीच जाना जाता हो। फिर भी अपने सरलतम शब्दो के साथ मैंने इस तरफ एक पहल की है, मुझे जो महसूस हुआ, मुझे जो अनुभव मिला, मुख्यतह उसी के बारे में यह पुस्तक है, जिसमें एक साधरण विध्यार्थी की हर मनोदशा का वर्णन करने की कोशिश की गयी है, एक विध्यार्थी के जीवन में कक्षा 9 से लेकर उसके विश्वविध्यालय या महाविध्यालय तक पहुँचने के बीच में जो कई तरह के उतार-चढ़ाव, कई

तरह की समस्याये और अनेक प्रकार के अत्यंत महत्वपूर्ण निर्णयों को लेकर आने वाली परेशानियों का वर्णन मैंने बहुत ही सरल और स्पष्ट शब्दों करने की एक कोशिश की है, इस कोशिश में हो सकता है कि कई ग़लतियां आपको नज़र आ जाएँ, उन गलतियों की आलोचना और टिप्पणी करने का आपको पूरा अधिकार है, लेकिन उससे पहले यह जरूर सोंचियेगा कि ह़कीकत में बनावट नहीं होती और जिसमें बनावट आ जाए फिर वह हकीकत नहीं रह जाती। मैं सरल लिखना जानता हूँ, उसमें भी इतना सरल कि अकसर लोगों को मेरी सरलता एक गलती नजर आने लगती। मुझे यह बहुत पसंद क्योंकि गलती आप तभी निकाल सकते हैं जब आपको कुछ समझ में आये वरना तो लोग शायरी पूरी हो जाती है, और लोग पता ही नहीं लगा पाते कि दाद कब देनी है? मैं सच कहना चाहता हूँ, आपको कुछ बताना चाहता हूँ, जो आपके काम आ सके। मेरी हमेशा से ख़्वाहिश रही है कि मैं किसी जरूरतमंद के काम आ सकूँ, उसकी सहायता कर सकूँ, उसकी दुआएँ ले सकूँ, स्कूल के दिनों में मेरे एक शिक्षक मुझसे अकसर कहा करते थे कि ज़िन्दगी का हर दौर जियो तभी उसकी असली कीमत समझ सकोगे, गालिब ने भी क्या खूब कहा है कि-

“कितना खौफ होता है शाम के अंधरे में,पूंछ उन परिंदों से जाकर जिनके घर नहीं होते”

हम सब किसी की उम्मीद हैं, और उस उम्मीद की बुनियाद यही विध्यार्थी जीवन है। बुनियाद जितनी मजबूत होगी, इमारत भी उतनी ही मजबूत होगी, जिसके पास हर तूफान से लड़ने की ताकत होगी। जब हम एक बेहतर शुरुआत करेंगे तो हमारे हौसलों को ताकत मिलेगी। इसी के साथ ही ज़ाहिर है कि हमारी राहें भी असान हो जायेंगीं और

अंत में परिणाम हमारे पक्ष में होगा। इसलिये अपनी मेहनत और कामयाबी पर शक करने की बजाय उस पर विश्वास रखो और निरंतर आगे बढ़ते रहो -

"तलाश जारी रख मुसाफिर कुछ नया कर दिखाने की और कर दे ऐसी मुकम्मल ज़िन्दगी अपनी कि तेरे जाने के बाद भी दुनियाँ तुझे याद करे"।

ज्यादतर हम सभी या तो सामान्य परिवार से ताल्लुक रखते हैं या फिर गरीबी में पले बड़े हैं, हाँ यह बात सही है कि हमारे पास पढ़ाई करने के समुचित साधन नहीं होते। लेकिन ऐसा कहकर उस ईमानदार, होनहार काबिल विध्यार्थी को खुद से अलग करने का हमें कोई अधिकार नहीं है जो अमीरी में पला-बड़ा जरूर है लेकिन उसका जुनून उसकी खुद की मेहनत की कमाई है, उसे विरासत में संसाधन मिले जरूर हैं लेकिन उसने हमेशा उनका न्यायोचित ढंग से प्रयोग किया है। उसे अच्छी सुख-सुविधाओं के साथ पढ़ने का अवसर जरूर प्राप्त हुआ है लेकिन उसकी काबिलियत खुद की है। याद रखिये कि आप जब तक विध्यार्थी हैं तब तक आपकी बस एक ही पहचान है, वह है आपकी शिक्षा और इससे ज्यादा कुछ भी नहीं। मेरे दोस्तों हमारे बीच में से ही कई विध्यार्थी ऐसे भी होते हैं जो पढ़ना तो चाहते हैं लेकिन पर्याप्त मौके नहीं मिल पाते, जो पथरीली जमीन पर दौड़ना तो चाहते हैं और खेलना भी चाहते हैं लेकिन बिना जूतों के वे खेलें तो कैसे? अपने दोस्त के जन्मदिन की पार्टी में जाना तो चाहते हैं लेकिन अच्छे कपड़े नहीं होते तो एक महंगा सा तोहफा दोस्त के लिये खरीदने की बात ही क्या करना? वे शिक्षक से कक्षा में कुछ सबाल पूंछना तो चाहते हैं लेकिन हिम्मत नहीं जुटा पाते। (अमीर लोगों के बीच गरीबी हममें हीन भावना ला ही देती है, यह सच है) वे भी चाहते हैं अपने साथियों के

साथ कहीं बाहर घूमने जाना लेकिन जब घर खर्च के पैसों से ज्यादा पिकनिक का खर्च हो तब मायूसी और मेहनत से जन्मी उनकी समझ उन्हें जाने से रोक लेती है। वे भी चाहते हैं छात्रावास के बाहर जाकर कैंटीन में चाय पीना पर महंगाई उनके क़दम रोक लेती है, उन्हें भी बहुत शौक होता है अच्छी-अच्छी किताबों का और वे शायद खरीदना भी चाहते हैं, लेकिन जब मुझसे मिलते हैं तो कहते हैं कि "तू जब न पढ़े तो मुझे दे देना पढ़ने के लिये", उन्हें भी बड़ा शौक होता है कीमती कलम से लिखने का लेकिन उनकी आर्थिक कमज़ोरी उनकी इस इच्छा को भी बेड़ियों में जकड़ लेती है और खुद की तसल्ली के लिये वे कहते हैं कि क्यों फिज़ूल में पैसे खर्च करना तीन रूपये वाला पेन ही सही है, अरे! आखिर लिखना ही तो है, उन्हें भी अच्छा लगता है अपने बचपन के स्कूल में ALUMNI MEET पर जाना लेकिन वे बाद में जब मिलते हैं तो कहते हैं यार बहुत काम था, वे भी चाहते हैं कि उनके पास भी एक अच्छा मोबाइल हो लेकिन न जाने क्यों जब मुझसे मिलते हैं तो कहते हैं कि नितिन क्या जरूरत है इतने महँगे मोबाइल की आखिर बात ही तो करनी है, तब बेकार में इतना पैसा खर्च क्यों करना? शौक तो उनके भी वही होते हैं जो सभी के होते हैं। लेकिन फर्क इतना होता है कि वे अपनी ह़कीकत को जानते हैं। उन्हें पता होता है कि उनके मां-बाप कितनी मेहनत करके उन्हें पढ़ाते हैं, उनका शुल्क देते हैं, और जितना हो सकता है उतना उनकी जरूरत को पूरा करने की हर संभव कोशिश करते हैं। वे भी चाहते हैं कि उनका बेटा, उनकी बेटी किसी से खुद को कम न समझे। इतनी गम्भीर परिस्थितियों में भी खुद को संतुलित रखते हैं, अपने चहरे पर कभी शिकन नहीं आने देते और अपने अथक प्रयास करते रहते हैं और कदम-कदम आगे बढ़ते रहते हैं।

अपनी गरीबी से लड़ते हैं और एक दिन उसे खत्म भी करते हैं और सफलता प्राप्त करके अपने मां-बाप का नाम रोशन करते हैं और तब जाकर किसी अखबार, किसी समाचार चैनल में सुनने को आता है कि “एक आटो रिक्शा चालक का बेटा बना आईएऐस,” “किसान की बिटिया का आईआईटी से शिक्षा प्राप्त करने का सपना बना हक़ीकत”, बस इतनी बात कहकर उन्हें सम्मानित कर दिया जाता है। हकीकत तो सिर्फ उस विध्यार्थी तक ही सीमित रह जाती है उस दौर से गुजरा था। जहां हर रोज उसे अपनी ख़्वाहिशों से समझौता करना पड़ता था। जहाँ दुख-दर्द आगे बढ़ने और अपने परिवार की स्थिति को सुधारने की वजह से कभी मालूम ही नहीं होते थे। जहाँ भावनाओं को हर रोज समझना पड़ता था। जहाँ हर रोज कई आकांक्षाओं को नजरंदाज करना पड़ता था। मैं चाहता हूँ कि अब से यह बात सब जाने और खासकर वे लोग जरूर जाने जो इस घमण्ड में हैं कि-

“प्रसिधि की पहुँच सिर्फ महलों तक ही है, झोपड़ियों तक नहीं”

स्वयं की रणनीति

लोग अकसर कहते हैं कि कहना सरल है लेकिन करना उतना ही मुश्किल है। शायद यह बात उचित है, मेरे प्रिय पाठकों अपने विचारों की प्रस्तुति मैं स्वय की तैयारी से कर रहा हूँ। शायद आप सभी पहली बार एक ऐसे शख्श क़ो पढ़ रहे होंगे "जिसका स्वयं का अभी कोई बजूद नहीं है अर्थात जिसके पास अभी कोई प्रसिद्धि नहीं है" लेकिन फिर भी एक उमीद लगाकर लिख रहा कि आप सभी के कुछ काम आयेगा। मुझे लगता है आप दो तरह से सोंच सकते हैं उनमें प्रथम यह कि खुद अभी एक इंसान कुछ नहीं कर पाया और दूसरो को सफलता का पाठ पढ़ाने निकला है दूसरा यह कि किसी ने एक नई "पहल" की है।

"खुद आगे जाने की और दूसरो को भी साथ ले जाने की"

मुझे बेहद सामर्थ्य और संयम की प्राप्ति होगी अगर आप "साथ" का साथ देंगे और अगर आप मेरे प्रथम वक्तव्य के प्रभाव में है तब भी मुझे खुशी होगी, क्योंकि तब आप मेरे उद्देश्य प्राप्ति में सहायक होंगे। शब्दों की चोट लाठी की चोट से कहीं अधिक प्रभाशाली होती है, यह सर्वकालिक सत्य है और मैं इस बात का अनुपालन करता हूँ।

चलिये स्वयं की तैयारी का वर्णन करने से पहेले कुछ पंक्तियों को प्रस्तुत करके आगे बढ़ता हूँ, जिन्हें मैंने यह सोंचकर लिखा है कि ज़िन्दगी छोटी जरूर है लेकिन इसे बड़े

और सराहनीय काम करके बहुत बड़ा बनाया जा सकता है, इतना बड़ा कि हमारे जाने के बाद भी हम दुनियाँ को याद रह जाएँ -

कभी दौलत नहीं मांगी, कभी शोहरत नहीं माँगी।
भलाई करके भी हमने कभी जन्नत नहीं माँगी।
समय के साथ चलने की मेरी प्राचीन आदत थी,
कोई भी काम करने की अधिक मोहलत नहीं माँगी।

उपर्युक्त पंक्तियों से मेरे हौसले को अपने तजुर्बे और समझ के आधार पर आप समझ सकते हैं। यह कोई मेरा अभिमान नहीं है और न ही इसमें कोई बनावट है, ये मेरा जज्बा है जिसे आपके हवाले कर रहा हूँ। यह उम्मीद करके कि आपके भी कुछ काम आयेगा, जब आप हार के डर से हार रहे हों तब इस बात को याद रखना कि जब मुझ जैसा "सरल" व्यक्ति आकाश में छा जाने का हौसला रखता है तो आप क्यों हार रहे हो? चलिये इसी बात के साथ मैं स्वयं की रणनीति से आप सभी को मुखातिब कराते चलता हूँ- मैं यांत्रिकी अभियांत्रिकी (मकेनिकल इंजीनियरिंग) का छात्र हूँ, वर्तमान में राष्ट्रीय प्रौध्योगिकी संस्थान, सिल्चर में अध्ययनरत हूँ, अभियांत्रिकी (इंजीनियरिंग) में प्रवेश पाने के लिये मैंने निशुल्क आवासीय कोचिंग "GAIL UTKARSH SUPER 100" की चयन परीक्षा उत्तीर्ण की और बाद में साक्षात्कार के माध्यम से प्रवेश प्राप्त किया। जहाँ प्रतिभाओं के बीच रहकर यह जान पाया कि सापेक्षता का सही मतलब क्या है, हर वक्त उनके मन में एक ही ख्याल रहता था कि आईआईटी में प्रवेश पाने लिए कैसे पढ़ें? क्या पढ़ें? कितनी मेहनत करें? वहीं "बहुत" ऐसे महानुभाव भी थे जो इश्कबाजी और नेतागीरी के नये नये नियम कानून सीखते और सिखाते

रहते थे। उन्हीं “कुछ” की मेहनत देखकर मुझे आभास हुआ कि आप अपनी लगन और निरंतर मेहनत से बहुत अच्छे परिणाम प्राप्त कर सकते हैं। मैं अभियांत्रिकी (इंजीनियरिंग) के साथ-साथ सिविल सेवा परीक्षा की तैयारी भी कर रहा हूँ, मैं नहीं जानता कि मुझे सफलता मिलेगी या नहीं लेकिन मुझे इतना जरूर पता है कि मेरी लगन, मेरा जज्बा मुझे हारने कभी नहीं देगा, मैं भले ही हार जाऊँ लेकिन उस हार से पहले इतना कुछ सीख जाऊँगा कि उस सफलता की मुझे दरकार ही नहीं रहेगी जिसके लिये मैंने दिन रात एक किया था। आप में से बहुत लोग सोच रहे होंगे कि सिविल सेवा परिक्षा के लिये दिल्ली विश्वविध्यालय, बनारस हिंदू विश्वविध्यालय या फिर किसी महाविध्यालय से बीए या बीएससी करना ज्यादा ठीक रहता, जहाँ पर्याप्त समय और माहौल भी आसानी से उपलब्ध हो जाता। शायद कहीं हद तक आपकी सोच ठीक हो लेकिन चुनाव और रुचि की दौड़ में मैंने खुद की रूचि को तवज़्ज़ो दिया, और अभियांत्रिकी (इंजीनियरिंग) को चुना। जिंदगी में कम से कम एक विकल्प रहना चाहिये, भविस्य का अंदाजा आंद्रे आस्ते की तरह मुझे नहीं है। लेकिन वर्तमान खुद के हाथ में है, मैं खुद को उन भारतीयों में समाहित करना चाहता हूँ जो अपने काम से प्यार करते हैं, जो अपने कर्तव्यों को किसी दूसरे पर थोपते नहीं हैं जो देश को हिंदू-मुसलमान के नाम पर विभाजित नहीं करते ,और शायद यही वजह है जिसने मझे सिविल सेवा परीक्षा की तैयारी के लिये प्रेरित किया है।

आप जब अपने लक्ष्य की प्राप्ति के लिये तैयारी करते हैं, तो उसमें सबसे पहले आपका अपने लक्ष्य के प्रति वचनवध होना जरुरी होता है। सोते जागते खाते पीते एक ही धुन सवार रहनी चाहिये कि मुझे हर कीमत पर अपना लक्ष्य

हासिल करना ही है। इसी के संदर्भ में स्वामी विवेकानंद जी ने कहा है कि "कोई भी एक लक्ष्य को स्वयं की रुचि के आधार पर चुनो और फिर उस लक्ष्य के साथ जीना सीखो, उसे इस कदर जियो कि उसमें जीवंतता आ जाये, निश्चित ही एक दिन आप जीत के चुनाव में भारी मतों से विजयी होंगे"। मेरी कोशिश रहती है कि जो काम मुझे सौंपा जाये उसे मैं बिना गलती किये और समय रहते, पूरा कर दूं इसलिये उस काम को करने के लिये अपने हर सार्थक प्रयास को करने की कोशिश करता हूँ। इस मेहनत का एक कारण यह भी है कि यदि मैं असफल हो जाऊँ तो किसी को व्यर्थ के तर्क देकर खुद को कामयाब करने की कोशिश न कर सकूँ कि मैं कर सकता था लेकिन मैंने मेहनत नहीं की, इन तर्कहीन वक्तव्यों से हक़ीक़त नहीं बदलती, हाँ आप लोगों की नजरों में थोड़ी इज़्ज़त जरुर बना सकते हो। लेकिन उस इज़्ज़त का क्या औचित्य जो खुद की नज़रो में ही खुद को गिरा दे, क्योंकि मिथ्या का सहारा लेकर कुछ समय तो कट जायेगा लेकिन जिंदगी नहीं।

मेरे पिताजी का सपना है कि मैं एक आईएऐस अधिकारी (आफीसर) बन कर उनका नाम रोशन करूँ। इसका मतलब यह नहीं है कि उनकी वजह से मैं खुद को एक ऐसे लक्ष्य की दिशा में ले जा रहा हूँ जो बेहद कठिन है परंतु नामुमकिन नहीं है। बल्कि उनका सपना तो मुझे मजबूत बनाता है, मेरे माथे की विसाद रिचाओं को मिटाता है। मेरा हौसला बढ़ाता है, और मेरे मार्ग को प्रशस्त करता है।

जिंदगी में दो तरीकों से लक्ष्य को प्राप्त करने के प्रयास किये जा सकते हैं उनमें से पहला यह है कि सारी मोह-माया त्यागकर लक्ष्य की ओर अग्रसर होना और दूसरा तरीका यह कि अपनों को साथ-साथ लेकर चलना और एक दूसरे की

मदद करके अपने लक्ष्य की प्राप्ति की ओर अग्रसर रहना, दूसरे तरीके में आपको लक्ष्य की प्राप्ति होगी या नहीं यह कहना थोड़ा मुश्किल है क्योंकि अगर आप सही रिश्तों को गलत ढंग से इस्तेमाल करने लगे तो निश्चित ही आप निराशा के शिकार बन जायेंगे और असफलता आपके खुद ही कदम चूम लेगी। तब आप पूरी तरह टूट जायेंगे और फिर से जुड़ना ठीक उतना ही मुश्किल हो जायेगा जितना 8.5 रिक्टर स्केल की तीव्रता वाले भूकंप के आने के बाद इमारतों का सुरक्षित खड़े रह जाना मुश्किल होता है, इसीलिए अगर आप खुद पर नियंत्रण नहीं रख सकते। तब आपको मोह-माया को त्यागना ही पड़ेगा और प्रथम तरीके का अनुशरण करना होगा। अन्यथा अनायास ही आपके द्वारा किये गये सभी प्रयास निरर्थक हो जायेंगे। आज के परिवेश को देखते हुए और अनायास लेकिन बेहद अहम अनुभवों के आधार पर, प्रेमिका एक ऐसा शब्द है जो हर युवा को पसंद आता है और जिन्हें नही आता या तो वे भीस्म पिताहमाह के वंशज हैं और नहीं तो शराफत के कपड़े पहनकर भोली-भाली जनता को गुमराह कर रहे हैं जैसे कि हमारे नेता कर रहे हैं, मैं अपने विषय से शायद भटक रहा हूँ, पुन्ह मुद्दे पर आता हूँ मेरा उपर्युक्त बातों का सार बस इतना ही है कि "समय का समझौता अगर आपने किसी ऐसी चीज(जैसे-प्रेमिका) से किया जो आपमें असंतुलन पैदा करती है, आपको आपके उद्देश्य से भटकाती है, तब आपको निश्चित ही गलत परिणामों का सामना करना पड़ेगा। ऐसी स्थिति में समय आपको एक और मौका दे दे इसकी प्रायिक्ता लगभग शून्य है। अब तय आपको करना है कि आप कौनसा रास्ता चुनते हैं और स्वयं पर स्वयं का कितना नियंत्रण रखने में सफल हो पाते हैं? बात अगर खुद की करूँ तो जब से समझ आयी

"दूसरे" रास्ते पर चलने लगा, सही गलत का फैसला मुझे नहीं आया लेकिन इतना जरूर है कि मेरे अपनों के साथ एवं उनकी प्रशंसा ने हर बार हमेशा की तरह मेरा हौसला बढ़ाया है, मुझे ऊर्जांवित किया है, अच्छे लोगों के बीच रहकर मुझे एक अद्भुत खुशी प्राप्त होती है और जो हर पल मुझे यह एहसास दिलाती है कि मैं अकेला नही हूँ, मैं हार नही सकता, और उससे भी ज्यादा खुशी मुझे इस बात की है कि मेरी प्रेमिका मुझे हमेशा मेरे उद्देश्य के प्रति वफादार बने रहने की याद दिलाती रहती है। (प्रेमिका शब्द जैसे ही पढ़ा होगा दिल मेँ सीटी जरूर बजी होगी, लेकिन दोस्तों प्रेमिका कोई भी हो सकती है सिर्फ एक ही नहीं जो आप समझ रहे हैं, इसलिये हैरान-परेशान होने की कोई जरूरत नहीं है) न कि खुद के प्रति, जरा सोचिये जब इतने अच्छे अच्छे लोग आपके साथ हों तो भला आप कैसे हार सकते है? और अगर खुद के लिए हार भी गये तो आप उनके लिये अवश्य जीतेंगे। शर्त इतनी है कि रिश्तों की कद्र आपकी रगों में बसती हो। यह तो मेरा चुनाव था जिसमें मतदाता भी मैं ही था और प्रत्याशी भी मैं ही था। ठीक इसी तरह अब आपको भी खुद से ही, खुद के लिये चुनाव करना है कि आप जीत पाने के लिये किस तरह का रास्ता चुनते हैं।

अगर आप पहले तरीके को चुनते हैं, तो शायद आप जल्दी और निश्चित ही अपने उद्देश्य को प्राप्त कर लेंगे, लेकिन याद रहे अगर बदकिस्मती से आप हार गए, तब आपको यह कहने वाला भी कोई नहीं मिलेगा कि - "कोई बात नहीं, भले ही तुम दुनिया के लिये हार गये हो लेकिन मेरे लिये तुम हमेशा विजेता रहोगे"। उम्मीद करता हूँ कि मेरे इशारे को आप अब तक समझ गये होगे, लेकिन इसी के साथ एक पहलू यह भी जुड़ा है कि अगर आपके हौसले

बुलंद हैं, किसी बात की परवाह करने से पहले अपने उद्देश्य की परवाह करते हैं, तब आपको कोई तोड़ नहीं सकता। कोई आपकी राह से आपको बहका नही सकता। मैं स्वभाव का बहुत भावुक और बहुत कमजोर दिल वाला हूँ, इसलिये मेरा रास्ता अलग है। हालांकि आध्यात्मिकता में कोई प्रमाण नहीं मिलते, लेकिन फिर भी एक बात मुझे बेहद पसंद आती है, और वह बात यह है कि "हमारी उपलब्धियाँ किसी काम की नहीं रहतीं,अगर आपकी प्रशंशा करने वाले आपके अपने ही आपके साथ न हों" परंतु इसका विरोधाभास भी देखने को मिलता है---

"वह यह है कि उगते सूरज को दुनिया सलाम करती है"

ये एक पंक्ति मेरी उपर्युक्त पंक्तियो के विपरीत दिशा में अर्थ प्रस्तुत करती है, ऐसा मुझे प्रतीत हो रहा है, और शायद आपके मन में भी यह प्रश्न अवश्य उठा होगा। कुछ आगे सोंचने से पहले मैं इस शंका का समाधान करते हुए कहना चाहूँगा कि वो उगने वाला सूरज सामान्य नहीं है। (इसमें नकारात्मकता देखने कि बजाय हकीकत का समाना करने का प्रयास आप करेंगे, ऐसी मुझे आपसे उम्मीद है)

लेकिन मैं बात एक सरल सामान्य व्यक्ति की कर रहा हूँ। यह बात और है कि वह भी कभी हममे से ही एक सामान्य व्यक्ति ही था, लेकिन याद रहे कि नियम-सिधांत उसे कहा जाता है जो अधिकतम पर लागू हो न्यूनतम पर नहीं। इसलिये मैं अभी भी अपने प्रथम वक्तव्य को सही मानता हूँ, कहता हूँ कि असल जिंदगी तो वह है कि जिसमें अगर आप हार भी जाएँ तो आपकी माँ आपसे कहे कि-

"मुझे हर जन्म में ईश्वर तेरे जैसा बेटा, तेरे जैसी बेटी दे"

खैर जैसा आपको उचित लगे, उसका चुनाव करके अपने उद्देश्य का निर्धारण करने का प्रयास कीजिये और दूसरों के सुझावों को भी सुनिये और अच्छा लग जाये तो उसे अपने अंदर समाहित करते चलिये।

मेरी तैयारी, मेरी सोंच, मेरी आदत सब कुछ मैंने आपको बताने का प्रयास किया। इससे ज्यादा और कुछ नहीं है खुद के बारे में लिखने के लिये क्योंकि शुरुआत में ही मैंने कहा था कि मैं आप ही के बीच का एक सरल विध्यार्थी हूँ। मैं हर सुबह इस उम्मीद के साथ उठ जाता हूँ कि न जाने कौनसी किरण मुझे मेरी मंजिल तक पहुंचाने में मेरी मदद कर दे। (और कभी-कभी इतनी देर हो जाती है उठने में कि फिर सूर्य की किरणें ही मुझे उठाने में मेरी मदद करती हैं) मेरे हमउम्र साथियों हम जिस अवस्था में हैं वह इतनी नाजुक है कि हमारा थोड़ा सा आलस, अय्याशी, हमारे गलत फैसले हमारे सम्पूर्ण भविस्य को तबाह करने की ताकत रखते हैं। आपको खुद ही, खराब आदतों से दूर रहना होगा, कोई और नहीं आने वाला क्योंकि यह मान लिया गया है कि अब आप समझदार हो गये हो, और जीवन से जुड़े सभी फैसले अब आप खुद ही कर सकते हो। अब आप छोटे अविश नहीं रहे और न ही छोटी नव्व्या जो मम्मी के बगैर खाना तक नहीं खाते, पढ़ना-लिखना तो बहुत दूर की बात है। मेरे अंतिम वाक्य पर गौर करिये और एक अच्छी शुरुआत करिये, मैं भी आप ही के दौर का हूँ, मैं कोशिश करूँगा कि कुछ न कुछ ऐसा लिख जाऊँ कि जो जीवंपर्यंत आपके काम आए आपको सफलता दिला जाए।

लक्ष्य के प्रति हमारा नजरिया

जहां एक तरफ इस विषय पर तथ्यों के साथ लिखना मेरे लिये बहुत मुश्किल है। वहीं दूसरी तरफ मेरा अनुभव भी कम है क्योंकि मेरा खुद का दृष्टिकोंण भी मेरे उद्देश्य के प्रति हमेशा से ही विवादों के घेरे में रहा है या यूँ कहूँ कि निरंतर बदलाव का शिकार होता रहा है। बस इसी बद्लाव से आपको खुद को बचाना है, और इसीलिये मैं कुछ भी न जानते हुए भी लिखने लगा। जिससे आप में स्थिरता लायी जा सके,

आपको यह एहसास दिलाया जा सके कि जरूरी नहीं कि खुद की कमी को खुद तक ही सीमित रखा जाए, उसे दूसरों को बताकर उसमें सुधार लाने की प्रायिक्ता में प्रबलता लायी जा सकती है और साथ ही दूसरों को भी एक मौका मिलता है आपको जानने का। आपसे कुछ सीखने का और आपको कुछ सिखाने का। मेरे हिसाब से एक अच्छे व्यक्तित्व के निर्माण की शुरुआत का यही सबसे पहला चरण होता है, मैं चूंकि अभियांत्रिकी (इंजीनियरिंग) का छात्र हूँ, इसलिये शुरुआत भी उसी अंदाज में कर रहा हूँ। मेरा सबसे पहला प्रश्न यह है कि आखिर हमारे नजरिये का हमारे उद्देश्य के साथ क्या ताल्लुक है? मुझे लगता है मेरे लिखने से पहले आप सोंच चुके होंगे यह बात, जहाँ तक मुझे समझ आता है वह यह है कि- "जब हम कुछ सोंचते हैं अथवा कुछ करते हैं या फिर किसी व्यक्ति विशेष, समुदाय, स्थान इत्यादि में से, किसी के बारे में अपनी प्रतिक्रिया व्यक्त करते हैं, तब उससे पहले हमारे दिमाग में कुछ विचार उत्पन्न होते हैं, और वे विचार हमारी समझ और मानसिकता को प्रदर्शित करते हैं, जिनके आधार पर हम किसी के बारे में की जाने वाली टिप्पणी को निश्चित और निर्देशित करते हैं" मेरे विचार से इसी को "नजरिया" कहा जाता है, लेकिन फिर भी मुझे इस बात से संतुष्टी नहीं है और शायद आपको भी नहीं होगी क्योंकि प्रामाणिकता न मिलने पर हम अक्सर उसे अच्छे ढंग से समझ नहीं पाते क्योंकि हमारा जड़त्व हम पर हावी रहता है। ऐसी स्थिति में हम न्यूटन के प्रथम नियम का समर्थन करते हैं जो कहता है कि एक वस्तु हमेशा अपनी प्रारम्भिक स्थिति में ही बने रहना चाहती है और अगर कोई बाहरी बल उसमें परिवर्तन लाने की कोशिश करता है, तब वह वस्तु अपने सामर्थ्य के अनुसार उस बल का प्रतिरोध करती है, विषय से हटने के

लिये एक बार फिर से माफी चाहता हूँ, उम्मीद करता हूँ कि आगे भी ये सिलसिला जारी रहेगा क्योंकि मनोरंजन को ज्ञान का साथ मिल जाये तो वह आपको स्लमडॉग मिलेनियर के जैसे ऑस्कर दिला सकता है, और नहीं तो जब परीक्षा में तक नीद आ जाती है (आने वालो को) तो यह तो महज कुछ अल्फाज हैं मेरे जो कभी भी आपको टेस्ट क्रिक्केट के मैच की तरह अरुचिकर (बोरिंग) लग सकते हैं। इसलिये मैं बीच बीच में आपका ध्यान उस तरफ लगाता रहूंगा जहां आप चाहते हैं, मुझसे बेहतर आपको कौन समझ सकता है। जिस रासलीला में आप लीन हो उसी रासलीला का एक किरदार मैं भी हूँ और हमेशा रहूँगा। चलिये अब विषय की तरफ बढ़ते हुए आपको एक अदितिय अनुभव से मुखातिब कराता हूँ, जब मैं जवाहर नवोदय विधालय शाहजहाँपुर में अध्ययनरत था, उस वक्त मेरा नजरिया मेरे उद्देश्य के प्रति एकदम विपरीत था जो आज है। लेकिन ये बद्लाव अच्छे संकेतों की ओर इशारा नहीं करता, हालांकि कहा जाता है कि परिवर्तन ही विकास की प्रथम पहचान है, लेकिन मेरे विचार में कम से कम इस परिपेक्ष में तो नहीं है। हाँ अगर आप की समझ विकसित नही हो पायी है तब अलग बात है। अन्यथा यह बदलाव हमारे लिये घातक सिद्ध हो सकता है, जो एक बार तय कर लिया उस पर अटल रहना सीखना बहुत जरूरी है और यह हमारे उद्देश्य की प्राप्ति की एक अहम मांग है जिसे हमे पूरा करना होगा। मुझे पता है इसमें तमाम मुश्किलें आती हैं, लेकिन एक बार अगर आदत बन गयी तो उम्र भर की जिंदगी संवर जायेगी ऐसा मेरा भरोसा है, और जो वक्त उस आदत को बनाने में खर्च किया था आप उसकी भी भरपायी कर सकते हैं - स्वयम् का सामर्थ्य बढ़ाकर। आप शायद सोंच रहे होंगे कि क्या सामर्थ्य कोई टीवी याँ रेडियो

का वोल्यूम है, जिसे जब मन किया बढ़ा लिया और मम्मी के डाटने पर झट से कम कर दिया। अगर ये सोंच रहे हैं तो बिल्कुल वाजिब प्रश्न किया आपने और अगर नहीं सोच रहे हैं तो शायद यह सोच रहे होंगे कि "चुप्पी इज द बेस्ट पॉलिसी" (क्योंकि दूसरे वाक्यांश का मतलब एक अभियंता (ईंजीनियर) से ज्यादा अच्छा और कौन जान सकता है, और वह भी बैक बेंचर) आपका सामर्थ्य कैसे बढ़ जायेगा? मैं बताता हूँ बहुत साधारण सा जबाब है कि जब आप लगातार मेहनत करेंगे, प्रयास करेंगे तब खुद व खुद धीरे धीरे आपका कार्य करने का सामर्थ्य बढ़ने लगेगा, (हालांकि अभियांत्रिकी में इसके अपवाद अक्सर मिल जाते हैं) मेरे पास इस बात का प्रमाण भी है, जो शायद आपको भी पता है बस आपने उसे कभी सनी लेयॉन की तरह इसे तवज्जो नहीं दिया वरना कुछ शब्द कम हो जाते मेरी किताब से (कपड़ों की तरह), और वह तथ्य यह है कि जब हम साल भर अपने विषय को बार बार पढ़ते रहते हैं, लेकिन फिर भी ठीक से याद नहीं कर पाते और तो और एक दिन में अगर कक्षा 9 या 10 की इतिहास की किताब पढ़नी हो तो समझ लो एक दिन में 2 से 3 चैप्टर्स से ज्यादा नहीं पढ़ पाओगे। वह भी मेरे दोस्त विवेक जैसे हो तब वरना एक में ही ऐसे उलझ के रहे जाओगे जैसे इयरफोन कभी-कभी उलझ जाता है, लेकिन फिर जब परीक्षा आने वाली होती है तब पूरी किताब याद हो जाती है सो काल्ड अभियंता (इंजीनियर) की हैसियत से कहूँ तो रट जाती है, लेकिन हम इस बात को ज्यादा महत्व नहीं देते, ज्यादातर लोग यही मानते हैं कि ऐसा इसलिये हो जाता है क्योंकि परीक्षा का दबाब और डर हमें बुरी तरह प्रभावित करता है। उसी डर की वजह से हमें सब कुछ याद हो जाता है। लेकिन मुझे एक दूसरी वजह इस बात के संदर्भ में- ज्यादा प्रामाणिक

लगती है और वह यह है कि - साल भर किये गये हमारे प्रयास, हमारी मेहनत अंत तक आते आते हमारे सामर्थ्य को बढ़ा देते हैं, और यह सब इतनी मद्धम गति से होता है कि हमें पता ही नहीं चल पाता। अब लौट आता हूँ एक बार पुन्ह उसी बात पर कि हमारे प्रयास, हमारी आदत हमारे उद्देश्य के अनुरूप क्यों होने चाहिये? जब हम खुद को अपने बनाए गये सूचकांक में बिठाने में कामयाब हो जाते हैं, तब हमारी मंजिल की राहें बहुत आसान हो जाती हैं। हम स्व्यं में एक नई ऊर्जा का संचार करते हैं और साथ ही एक विश्वाश भी आ जाता है जो हमें यह एहसास दिलाने लगता है कि अब मंजिल दूर नहीं। हमारे सभी काम भी समय के साथ पूरे होने लगते हैं और हम सतत सफलता की तरफ अग्रसर होने लगते हैं। हमारे प्रयास हमारे उद्देश्य के अनुरूप तभी होते हैं जब हमारा नजरिया हमारे उद्देश्य के प्रति सकारात्मक रूप ले लेता है। हमें जब यह आभास होने लगे कि हम निश्चित ही ऐसा कर जायेंगे, तब आप निसंदेह एक अच्छी स्थिति में हैं लेकिन याद रहे कि मन में अहंकार नहीं आना चाहिये वरना तूफान में मैंने देखा है सबसे पहले ऊँची इमारत को ही तबाही सामना करना पड़ता है। मेरी दिली तमन्ना है कि मैं आप सबके काम आ जाऊँ और मैं ये भी जानता हूँ कि इस बात का सम्बंध मेरी उपर्युक्त बातों से नहीं है और अगर होता है तो इसे मात्र एक संयोग कहा जायेगा लेकिन आगे वर्णित होने वाली घटना वास्तविक है और इसका संबन्ध हर एक उस इंसान से है जो अपना सम्पूर्ण जीवन अपने उद्देश्य के प्रति समर्पित कर देता है। विषमताओं में भी हार नहीं मानता और अंततह जीतता है। ऐसी सी ही एक वास्तविक कहानी है मेरे गाँव के एक होनहार शख्स की जिनका नाम अनुपम सिह चौहान है। जो पीसीएस की परीक्षा उत्तीर्ण कर

आज हिमाचल प्रदेश में एक उच्च प्रशासनिक पद पर कार्यरत हैं। एक छोटे से गाँव की यह विलक्षण प्रतिभा हम सभी गाँव वालों के लिये एक प्रेरणा का स्रोत बन गयी। चलिये बताता हूँ क्या खास था उनमें व उनके जुनून में, मुझे उम्मीद है हर वह विधार्थी इस बात से खुद को मज्बूत बनायेगा, जो संसाधनों के अभाव में भी अपने उद्देश्य के प्रति समर्पित है और वे विधार्थी जिनके पास उचित संसाधन हैं वे यह जान पायेंगे कि कितना मुश्किल होता है गरीबी में बात-बात पर समझौता करना? आप भले कुछ न पढ़ें इस किताब से, लेकिन यह अंश दिल से पढ़ लें और दिमाग से समझ लें मेरा लिखना आपके लिये सार्थक सिद्ध हो जायेगा कहते हैं कि -

"जुनून कभी उम्र से मात नहीं खाता"

कुछ इसी तरह का जज्बा अनुपम सिंह में भी था। शादी हो जाने के बाद भी उन्होंने हार नहीं मानी और सतत अपने उद्देश्य के प्रति अपना जुनून बरकरार रखा। अपने उद्देश्य के प्रति के लिये जो उनका जुनून था- उसने कभी भी उन्हें चैन से बैठने नहीं दिया। वह बार-बार उन्हें यह याद दिलाता रहा कि एक सम्मानजनक और गौरवशाली पद उनके इंतजार में है, और यही वजह बनी कि जो विषम परिस्थितियों में भी उन्हें दिल्ली की तरफ खींच ले गयी। अंततह तमाम बाधाओं को पार करते हुए उन्होंने दिल्ली जाकर पीसीएस की तैयारी शुरू कर दी, घर से ३२४ किमी की दूरी पर भी कुछ लोगों की उम्मीदें, कुछ लोगों के सपने और कुछ लोगों की दुआएँ, हमेशा उनके साथ रही। जब जब उन्हे ठोकर लगी तब तब उन सभी ने मिलकर उन्हें सम्भाले रखा। इतना ही नहीं अपितु उन्हें यह एहसास दिलाया कि- "रिश्ते दिलों से बनते हैं खून से नहीं"।

कहते हैं अगर दिल में नेक इरादा हो और अपनों का साथ हो तो राहें आसान हो जाती हैं और रास भी आती हैं। कुछ इसी तरह उनका धैर्य भी था जो कभी टूटा नहीं। उनके पांव कभी रुके नहीं, गति में परिवर्तन आया हो यह अलग बात है। उन्हें कभी हार से भय नही लगा, हार का खयाल इंसान होने के नाते आया भी तो उसे कभी अपनों के सामने जाहिर नहीं होंने दिया, अगर कभी उनके बच्चों ने अपने पापा को याद किया और दुखी हुए तो माँ ने यह कहकर समझा दिया कि बेटा पापा आपके लिये इस दुनिया के सबसे सुंदर और अच्छे खिलौने लेने गये हैं, और उसी माँ को जब एक पत्नी होने का खयाल आया तो कुछ अविरल अश्रु वहाकर दिल को समझा लिया। लेकिन घर मे यह जाहिर नहीं होने दिया कि उनके शरीर का एक अभिन्न हिस्सा उनसे दूर रहता है, इतना बड़ा बलिदान देकर उन्होंने इस दौर में प्यार करने वालों को एक नसीहत पेश की है। वह नसीहत यह है कि प्यार का मतलब फोन पर ४-४ घंटे बात करना नहीं होता है, प्यार का मतलब एक दूसरे पर भरोसा करने से है, एक दूसरे का बुरे वक्त में साथ देने से है, अच्छे वक्त में तो दुश्मन भी साथ दे दिया करते हैं। (जैसे दिल्ली के चुनाव में काँग्रेस ने दिया था "आप" का) अगर वह भी मेरी किताब को पढ़ रही हो तो यह जान ले कि इस नसीहत से प्रेरित हक़ीक़त को, जो जरूरी है उम्र भर का साथ निभाने के लिए। घर पर उनकी पत्नी ने उम्रदराज लोगों को सम्भाला, यह कहकर कि एक दिन वह पूरे परिवार का नाम रोशन करेंगे और इसी विस्वास ने उनका साथ दिया और आत्मविश्वास बढ़ाया। खाने से ज्यादा पढ़ने पर ध्यान दिया। रोटी के लिये आंटा खत्म हो गया तो दाल पीकर ही निकल लिये पढ़ने के लिये, उन्हें फैशन से ज्यादा फर्ज की परवाह थी। आगे बढ़ने का जोश

कभी कम होता भी तो कैसे? सबसे बड़ी बात यह कि कभी किसी को यह बहाना नहीं बताया कि उनकी आर्थिक स्थिति अच्छी होती तो यह कर लेते, वह कर लेते। उन्होंने अपने सामर्थ्य का सही दिशा में इस्तमाल किया और तब जाकर कामयाबी ने उनके कदम चूमे, मेरे हमउम्र साथियों त्याग की बातें हम अक्सर सुनते हैं और अंत में परिणाम भी अक्सर बेहतर ही मिलते हैं। यह भी उन्हीं में से एक था, जो जाया नहीं गया और किसी की लगन, किसी की उम्मीद, तो किसी के प्यार की अंत्तह जीत हुई। मैं यह नहीं कहता कि आप भी इस जीवंतता से कुछ सीखें, मैं तो सिर्फ इतना चाहता हूँ कि आप बस इतना जान जाएँ कि मेहनत करने वालों की कभी हार नहीं होती भले ही, देर से सफलता मिले, लेकिन मिलती जरूर है। बस जरूरत है आपके संयम और विश्वाश की, मैं उम्मीद करता हूँ कि आप इस सत्य से प्रभावित जरूर हुए होंगे और अगर नहीं भी तो इतनी भावनात्मक्ता तो आयी ही होगी कि - "आपकी एक उचित दिशा में की गयी मेहनत, और जुनून आपको आपके उद्देश्य तक पहुंचाने में बेहद कारगर साबित होता है"। यह जुनून, यह दीवानगी तब जन्म लेती है जब आपका "नजरिया" किसी विशेष काम के प्रति इतना बेहतर और सकारात्मक हो जाता है कि आपके लिए वह काम एक संगीत की तरह लगने लगता है। जिसके साथ आप हमेशा जुड़े रहना चाहने लगते हो और अगर आप उन नीरस लोगों में से हैं जिन्हें संगीत पसंद नहीं है, तो आप संगीत की जगह उस चीज को रख सकते हैं। जो आपको बेहद पसंद हो मुझे लगता है कि संगीत से ज्यादा पसंदीदा चीज प्रेमिका से ज्यादा और कौन हो सकता है? क्योंकि अब श्रवण कुमार बचे ही कहाँ हैं?, जो बचे भी हैं, वे निरंतर अपने होने के वजूद से लड़ रहे हैं और परिवर्तन का

शिकार हो रहे हैं। इस बात को फिर से दोहराउंगा, यह भी एक चिंता का विषय है, कुछ और आगे बढ़ते हुए बस इतना कहूँगा कि अभी वक्त है अगर भटक रहे हो तो संभल सकते हो, अगर आपको लग रहा है कि आपका निर्णय सही है, आपको लग रहा है कि आप सही रास्ते पर हैं, तब चिंता का विषय नहीं है। लेकिन अगर अभी भी असमंजस की स्थिति बनी हुई है, अभी भी कुछ विरोधाभास है आपके नजरिये और आपके उद्देश्य के बीच, तो आपको जरूरत है आत्ममंथन की। आपको जरूरत है अपने सबसे अच्छे दोस्त से राय लेने की जो उसी विषयवस्तु से संबन्ध रखता हो, जिसको लेकर आप शंशय में हैं, अन्यथा भावनाओं में बहकर दोस्त की हमदर्दी उम्रभर की सिरदर्दी बनकर रह जायेगी। इसके लिये आप अपने अच्छे शिक्षक से भी राय ले सकते हैं। अब मुझे नहीं लगता कि एक बार फिर मुझे "अच्छे" शब्द की भी सीमाओ का निर्धारण करना पड़ेगा, मुझे उम्मीद है कि आप भलीभाँति जानते होंगे कि आपको कौन सा शिक्षक आपकी विषय वस्तु से संबंधित आपकी शंकाओं को कम करने में आपकी मदद कर सकेगा। बहुत अच्छी हिंदी नहीं लिख पाता हूँ मैं इसलिये कई शब्दो की पुनराव्रित्ती हो जाती है, और वह भी एक ही वाक्य के गठन में, जैसा कि आप अभी ऊपर की पंक्तियो को पढ़कर अनुमान लगा चुके होंगे, सरल लिखता हूँ और सरल स्वभाव का हूँ, किसी साधारण बात को कठिन बनाकर लिखना मैं भाषा का अपमान समझता हूँ क्योंकि भाषा बनी ही है - एक दूसरे को सरलतम ढंग से जानने के लिये, इसी प्रकार आप भी स्वयम् में सरलता लाओ, अपनी कमियों को अपनी अच्छाइयों से दूर करना सीखो, और सकारात्मकता रखते हुए उसे स्वीकार करना सीखो, क्योंकि अब आप समझदार समझे जाने लगे हो (हालांकि हो नहीं)

जैसा कि मैं पहले ही कह चुका हूँ क्योंकि कम से कम एक बार परीक्षा से पहले रिवीजन बनता है। आज की युवा पीढ़ी के बारे में आँकड़े भले ही एक अच्छी स्थिति को दर्शाते हों, लेकिन हक़ीकत कुछ और ही है कक्षा १२ तक आते आते हम यह जान पाते हैं कि हमें करना क्या है? और कुछ तो वह भी नहीं जान पाते, वजह क्या हो सकती है? शायद एक नहीं कई वजह हैं और उन्हीं में से एक वजह है हमारी बदलती मानसिकता भी है। हम खुद को स्थिर नहीं रख पाते हैं और अक्सर अपने तरीके, अपनी सोच और अपने उद्देश्य को बदलते रहते हैं। कभी आईएएस का सपना, कभी आईआईटी की तैयारी और कभी वैज्ञानिक बनने का ख्वाव, कोई बहुत ज्यादा काल्पनिक होता है तो सोंचता है राजनीति में अच्छा कर सकता हूँ मैं, इस तरह एक सपनों की दुनिया तैयार हो जाती है और इसी दुनिया से बाहर आते आते हमारे १२ बज चुके होते हैं। उसमें भी कुछ सोये ही रह जाते हैं और जब जागते हैं तो अंधेरा उन्हें कुछ देखने ही नहीं देता, तो बेबसी में बेचारे फिर सो जाते हैं। फिर उम्र भर सोकर ही जिंदगी गुजार देते हैं, ऐसी स्थिति से हम सभी गुजरते है, यह चिंता का विषय नहीं है अपितु चिंता का विषय तो यह तब बन जाता है जब हम जानबूझकर इसे नजरअंदाज कर देते हैं, अगर आप भी इस क्रम में हैं, तो अब वक्त है इस क्रम को खत्म करने का, अपने नजरिये को स्थिरता दीजिये, अपने उद्देश्य को सुनिश्चित कीजिये, उस पर कायम रहिये, खुद पर भरोसा रखिये, संघर्षरत रहिये, समय समय पर अच्छे लोगों के सुझाव लेते रहिये, निरंतरता को बरकरार रखने के सम्भव प्रयास कीजिये। निश्चित ही आप कर सकते हैं क्योंकि आज जो सफल हैं कल वे सभी "तुम" थे। ठोकरों से बचो मत उन्हें खाकर उनसे सीखो क्योंकि ये ठोकरें ही इंसान को चलना सिखाती हैं।..............

एक अनोखा अनुभव

एक साल के एक अदितीय अनुभव को आपके बीच बेहद उत्साह एवम् उत्सुकता के साथ प्रस्तुत करने जा रहा हूँ। उत्साहित इसलिये हूँ क्योंकि मेरी यादें, मेरे अपने, मेरे सपने यहाँ तक कि मेरे खुद की वजूद की असलियत मुझे यहीं से प्राप्त हुई और मुझमें एक समझ ने जन्म लिया, अब देखना यह है कि यह मुझे किस ओर ले जाती है? खैर मेरी कश्ती कहाँ तक जायेगी, उससे आप को फर्क नहीं पड़ना चाहिये,

लेकिन आपकी कश्ती बीच मझधार में भी अपना संतुलन न खोये इसके लिये आपका स्वयम का संतुलित होना अत्यंत आवश्यक है। मैं उत्सुक इसलिये हूँ, क्योंकि मैं अपने अनुभवों के कुछ लेकिन जरूरी अंश को भारत की एक प्रमुख एवम् अत्यंत प्रतिभाशाली युवा पीढ़ी को सुपुर्द कर रहा हूँ, और आप सभी से अपेक्षा रखता हूँ कि आप कुछ न कुछ तो जरूर सीखेंगे। मुझे भरोसा है कि मेरी अपेक्षा उपेक्षित नहीं होगी, इसी उम्मीद को जिंदा रखते हुए आगे बढ़ता हूँ। यह बात है उन दिनो की है, जब मैं कानपुर में आईआईटी की कोचिंग कर रहा था, जिसका नाम था "गेल उत्कर्ष सुपर १००", यह निशुल्क आवासीय कोचिंग संस्थान जिसका प्रबंधन का जिम्मा (सीएसआरएल जोकि एक NGO है) गैर सरकारी संस्था को सौंपा गया है और इसके लिये फंड GAIL कंपनी मुहैया कराती है। साथ ही साथ अच्छे संस्थानों में प्रवेश पाने वाले छात्र -छात्राओं को छात्रवृत्ति भी प्रदान करती है, मेरी तैयारी के दौरान मेरे बैच में लगभग 75% विधार्थी विभिन्न जवाहर नवोदय विद्‌यालयों से कक्षा बारह उत्तीर्ण करके वहाँ अध्ययनरत थे और शेष अलग अलग स्कूलो से सम्बंध रखते थे। हम अधिकांश विध्यार्थी उत्तर प्रदेश से थे, लेकिन कुछ विध्यार्थी मध्य प्रदेश और विहार से भी थे, और इसके साथ एक खास बात यह भी थी कि 100 विधायार्थियों के बैच में (60-70)% विध्यार्थी अपने विध्यालयो के मेधावी छात्र-छात्राओं में से एक थे। उनमें से कुछ विलक्षण प्रतिभा रखते थे, यह बात और थी कि इंटरमीडिएट में वे अच्छे प्रतिशत अंक नहीं जुटा पाये थे। हम सभी एक लिखित परीक्षा एवं साक्षात्कार के माध्यम से चयनित थे, जैसा कि मैं पहले भी बता चुका हूँ। वहाँ अक्सर कई महान हस्तियाँ आती रहती थीं, हम सभी को प्रेरित करने के लिये और हमारा मार्ग्दर्शन

करने के लिये, कृष्णमूर्ति सर (सीएसआरएल के उप प्रबंधक निदेशक) बेहद एक्टिव एवं अपने कर्तव्यों के प्रति सजग एवं समर्पित थे, वे हमेशा हम सभी को यह एहसास दिलाते रहते थे कि कुछ बहुत अच्छा करने के लिए कुछ बहुत अच्छी आदतों का संचार करना अत्यंत आवश्यक है। हम लोगों के एक केंद्र प्रबंधक भी नियुक्त किये गये थे जिनका नाम श्री नरेश चंद्र गौतम था। वह हमें जैविक(ओर्गेनिक) रसायन विज्ञान पढ़ाते थे, उनके बोलने का तरीका ऐसा था कि अगर संजीदा किस्म का विधार्थी उनकी कक्षा में हो तो समझ लीजिये कि उसे मनोरंजन का माध्यम मिल गया, वहीं वैज्ञानिक प्रवृत्ति का विधार्थी उनसे बहुत कुछ सीख सकता था। मुझे खुद के लिये खेद व्यक्त करना पड़ रहा है कि मैं उपर्युक्त में से कहीं भी सटीक नहीं बैठ सका। चंद्रा सर के कुछ शब्द वहाँ से आने के बाद भी मुझे याद रह गये। शायद यही सीख सका मैं उनसे, उनकी हर बात " साहब '" शब्द से शुरू होती थी, जैसे "साहब फंस जायेंगे आप", "साहब जेईई यहीं पर फंसायेगा आपको", एक बार तो मैं हैरान रह गया जब उन्होँने एक प्रश्न पूक्षा तो जिस छात्र ने सही जबाब दिया, उससे उन्होंने कहा कि "ये बिल्कुल सही जा रहे हैं- इनको जाने दिया जाये" तब उसने सोंचा कि शायद सर जाने को बोल रहे हैं, इसलिये वह उठकर जाने लगा, तब चंद्रा सर उससे बोले अरे-अरे कहाँ जा रहा है? अभी और पढ़ाना है, इस बात को सोंचकर मुझे आज भी आंनद मिलता है, पता ही नहीं चलता था कि कब वे गुस्से में हैं और कब मजाक कर रहे हैं। वे ज्यादातर अपना वक्त हम सभी के साथ गुजारते थे, शायद शादी न होना(वर्तमान में शादीशुदा हैं) इसकी एक वैज्ञानिक वजह हो, लेकिन फिर भी अपने केंद्र के बच्चों को सबसे आगे रखने का सपना, और उसके लिये उनके प्रयासों

को देखकर मुझे हमेशा ही वे अव्वल नजर आये। कुछ छात्रों से उनकी कभी नहीं बनी। दूसरी तरफ कुछ विध्यार्थी उनके सबसे प्रिय बन गये, एक बार फिर मुझे कहना पड़ेगा कि मैं उपर्युक्त में से न होकर उन विध्यार्थियो के क्रम में था जिन्हे हम गणित की भाषा में औसत कहते हैं। हमारे शैक्षणिक सलाहकार अभयानंद सर थे जिनके बारे में बस इतना ही कह सकता हूँ कि अगर कोई प्रसिद्धि पाकर घमण्ड करने में व्यस्त है, तो एक बार जाकर अभयानंद सर से जरूर मिले, उसे उसके अनोखे वजूद और अनुपयोगी घमण्ड दोनों की औकात पता चल जायेगी। मैंने अपने जीवन में इतना सरल और सशक्त व्यक्तित्व पहली बार देखा और उम्मीद करता हूँ कि यह अंतिम बार होगा। ज्ञान होना अलग बात है और उसे व्यक्त करना एक अलग बात है, लेकिन उसके साथ साथ उस ज्ञान को सरलतम रूप में व्यक्त करना अत्यंत दुर्लभ है, लेकिन यही हुनर है अभयानंद सर में जो आज उन्हें इस मुकाम तक लेकर गया, जहाँ पहुँचकर उन्होंने सरलता और सहजता का अत्यंत प्रेरणात्मक परिचय दिया है हम सभी को। यह कुछ अहम बातें थीं कुछ खास लोगों के बारे में, अब कुछ और बताता हूँ जो मैंने सीखा वहाँ से...............

हम सभी को 13 जुलाई को बुलाया गया था, मैं बहुत ज्यादा उत्सुक था जाने को लेकर। उससे पहले जब घर में था तब रोजाना सोंचा करता था कि कब बुलाया जायेगा? क्योंकि घर में बहुत दिनों से इसी बात का इंतजार था मुझे, और अंत में वह खत्म हुआ। वहाँ पहुँचने के बाद, मुझे एहसास हुआ कि सब वैसा का वैसा ही है जैसा नवोदय में हुआ करता था, कुछ नहीं बदला था। अगर कुछ बदला था तो वे कुछ चहरे जो बार बार मुझे महसूस करा रहे थे कि मुक़ाबला बराबरी का होने वाला है। एक थाली और एक बैड मिल गया लेकिन

ग्लास और चम्मच नहीं दिया गया कारण नहीं समझ में आया लेकिन फिर भी लगा शायद इसके पीछे ये सोंच रही हो कि "ईश्वर ने जो दिया है उसका इस्तमाल करना हमें आना चाहिये"। नवोदय का विध्यार्थी वैसे भी चम्मच से ज्यादा अपने हाथ पर भरोसा रखता है, गद्दा और बैड शीट भी वहीं से मिल गयी और साथ में तकिया भी, रजाई भाई खरीद कर दे गये थे। 15 जुलाई से विधिवत रूप से हमारी पढ़ाई आरम्भ हो गयी थी। पहली क्लास चंद्रा सर की थी, - पहली बार लगातार तीन घंटों से ध्यान बनाये रखने की शुरुआती नाकाम कोशिश कर रहा था, दूसरों के चेहरों की हवाईयाँ उड़ता देखकर, खुशी हुई कि इस भीड़ में मैं अकेला नहीं हूँ। हममें से शायद 80 प्रतिशत विध्यार्थियो का अपने राष्ट्रीय कैरियर का पहला टेस्ट मैच था। उससे पहले हम 20-20 मैच के खिलाड़ी थे नहीं, बस हुआ करते थे, और कुछ तो 7-8 ओवर ही खेलकर पवेलियन (हौस्टल) लौट जाते थे और ड्रेसिंग (बैड) रूम में जाकर सो जाते थे, अब आप ही बताइये 7 से 8 ओवर का मैच खेलने वाला खिलाड़ी अचानाक से टेस्ट में बल्लेबाजी करने आये और वह भी शोएब अख्तर, शान टैट (चंद्रा सर,पवन सर) जैसे तेज गेंदबाजो के सामने, जो अपनी गति और बाउंसर दोनों से ही बल्लेबाज़ों के दिल में दहशत पैदा करते रहे हैं, तब भला उससे क्या उम्मीद की जा सकती है? यह अलग बात है सचिन जैसे बल्लेबाज भी थे हममें से "कुछ" लेकिन सिर्फ "कुछ" सभी नहीं, खैर यह तो महज शुरुआत थी, जुलाई बीत गयी इसी तरह मुझे लगा कि अब सब ठीक चलने लगा है, समय के साथ सभी विषयों का काम पूरा हो जाता था। लेकिन सितम्बर में जब 4-4 घंटे की क्लास होने लगी तब दिल दहशत में आ गया मेरा, इतना तो खेल भी लेता लेकिन बाउंसर नहीं खेली जाने वाली थी

मुझसे, और कोई नियम भी नहीं, जितना चाहो आप बाउंसर फेंक सकते हो क्योंकि एम्पायर(प्रबंधक) मैच में नहीं आते थे। मैच खत्म होने के बाद आते थे और वह भी गेंदबाजो के लिये नहीं बल्कि हम जैसे बल्लेबाज़ों के लिये, यह बताने कि अभी सुधार करो, मेहनत करो और यह सही भी था। मैं इसे गलत नहीं मानता क्योंकि उन्हें जो अपनी ज़िन्दगी में करना था, उसे वे चुके थे। अब जो कुछ भी करना था वह हमें ही करना था, इसी तरह सीखने वाले सीखते गये और डरने वाले और डरते गये, जहाँ कुछ बातें गलत थी वहीं कुछ अच्छी भी थीं, और जगह ज्यादातर विध्यार्थी शिक्षकों के पास पढ़ने जाते थे, लेकिन हमारे यहाँ वे खुद पढ़ाने आते थे, यह अलग बात है कि अर्थ की बात रही हो। लेकिन वह तो हर इंसान का अंतिम उद्देश्य है बस अंतर है तो पैमाने का, हम एक बड़े से कमरे में 14 विध्यार्थी रहते थे। औरो के मुकाबले हमें ज्यादा सराहना मिलती थी शिक्षकों की तरफ से, लेकिन एक बात यह भी थी कि उसका हक़दार मैं नहीं था बल्कि मेरे और साथी थे जो पढ़ने में अव्वल थे, जितनी भी लड़कियाँ थीं वे सभी एक ही बड़े से कमरे में रहतीं थीं। कानपुर की गर्मी जैसलमेर की याद दिलाती थी। मुझे ऐसा लगा जैसे हम सभी अपनी आने वाली जिंदगी को बेहतर बनाने के लिये एक साल के वनवास को खुशी - खुशी जी रहे थे, और कोई कारण नहीं था कि पूरे दिन महज खाने का ही वक्त मिले और कोई न चाहे तो वो भी नहीं। उस गर्मी में हवा भी गर्म और उपर से पानी भी गर्म मिल जाये तो पुनर्जन्म में विश्वाश होने लगता था और यह एहसास होने लगता था कि जरूर उस जन्म में कोई नेक(विपरीत अर्थ) काम किये होंगे, और अगर खाने की बात की जाए तो मुझे वह ठीक लगा क्योंकि हम औसत दर्जे से सम्बंध रखते हैं। फिर किसके पास वक्त था

इन छोटी-छोटी बातों को राजनीतिंक मुद्दा बनाने का, और जिनके पास था, वे बनाते भी थे तो बहुत ज्यादा फर्क पड़ता नहीं था, क्योंकि ज्यादातर अपने अपने अध्ययन में व्यस्त थे, और अपने उद्देश्य की प्राप्ति के लिए अथक प्रयासों में संलग्न थे। मुझे लगा शायद इसी को जज्बा कहा जाता होगा। मैं मानता हूँ परिस्थितियाँ विषम जरूर थीं, लेकिन यह एक अच्छे विध्यार्थी की शुरुआती सोंच थी इस बात को मैं आपको एक उदाहरण के माध्यम से समझाता हूँ, जैसे कि आमतौर पर जेईई की परीक्षा में प्रारंभिक प्रश्न कठिन रहते हैं, उन्हें देखकर कुछ विध्यार्थी पहले ही डर जाते हैं और सोंचते हैं कि अब कुछ होने वाला नहीं है उनसे। इसलिये थोड़ा बहुत प्रश्नपत्र हल करते हैं और निराशा के साथ घर लौट आते हैं। जब घर आकर दोबारा प्रश्न पत्र पढ़ते हैं, तो पछतावे की अनुभूति होती है क्योंकि तब उन्हे एहसास होता है कि-अगर वे आगे के प्रश्न हल करते तो कई प्रश्नो के उत्तर वे आसानी से दे सकते थे। ऐसा ही कुछ आलम था गेल में, जहाँ तक मुझे याद है, उसके हिसाब से 7-8 विध्यार्थी गेल छोड़कर दूसरी जगह पढ़ने चले गये, जो आर्थिक रूप से मजबूत थे उनका जाना तो समझ में आया लेकिन जो नहीं थे उनका नहीं, शायद वह दहशत उनसे बर्दाश्त न हुई हो, जो अप्रत्यक्ष रूप से हमारे बहुत काम आयी, इतनी लम्बी चौड़ी बात का सूक्ष्म अर्थ यही है कि हमें कठिनाइयों से भागना नही चाहिये। खुद के निर्णय पर अडिग रहना चाहिये, जिससे बाद में कोई शिकवा न रह जाये खुद से और न ही कोई तर्क जैसे कि हम कर सकते थे बस मेहनत नहीं की। यह था कुछ मेरे अतीत का अंश जो गेल में बीता, अंत के इस भाग में मैं अपने सूक्ष्म अनुभवों को क्रमबद्ध करते हुए आगे बढ़ता हूँ। अब तक जो मैंने जिया उसमें सबसे अहम यही था

जिसे व्यक्त करके आपको भविश्य में आगाह कराने की मेरी कोशिश है। तब लिखता हूँ कि -

1. वहाँ जाकर इतने टेस्ट मैच खिलाये गये कि उन्हें, खेलते-खेलते उनकी आदत सी हो गयी, और मैं लगातार पढना सीख गया, इससे यही तथ्य सामने आता है कि कुछ चीजे जो हमें शुरुआत में रास नहीं आतीं, बाद में वही चीजें हमारी सबसे मजबूत कड़ी का हिस्सा बन जाती हैं।

2. मुझे असल प्रतियोगिता का एहसास तब हुआ, जब वहाँ जाकर कभी 30 विध्यार्थियो में भी अपना स्थान बनाने में असमर्थ रहा, यह नवोदय के बाहर निकलकर मेरा सबसे आश्चर्यजनक अनुभव था, जहाँ हमेशा प्रथम स्थान पर रहकर सोंचता था कि जीवन उचित दिशा में है। लेकिन गेल में आकर असली औकात का पता चला, खुशी इस बात की है कि समय रहते पता चल गया, वरना भ्रांतियों का शिकार हो जाता। इसलिये कहता हूँ आप अकेले नहीं हो मेहनत करने वाले, कई हैं और लाखों की संख्या में हैं। अगर आपने इसे एक दिन भी छोड़ा, कई आपसे आगे निकल जायेंगे और आपका छोड़ना आपको प्रतियोगिता से बाहर जाने का रास्ता भी दिखा सकता है, अमित सर कहते हैं कि "जमाने से कह दो कि हमने छोड़ना छोड़ दिया"

3. हिम्मत, हौसला, साथ, भरोसा ये सभी शब्द नकारात्मक व्यक्तियों के अनुसार सिर्फ कहने में अच्छे लगते हैं। लेकिन हकीक़त में उनका अस्तित्व अभी भी है, उस हर सकारात्मक व्यक्ति के लिए जो

कुछ करना चाहता है अपनों के लिये, मुझे भी इन चीजों की अहमियत पता चल गयी वहाँ रहते रहते।

4. अपनापन क्या होता है यह तभी जाना जा सकता है, जब हम अपनों से दूर हो जाते हैं। उनसे मिलना तो दूर उनसे बात करने के लिये तरस जाते हैं। तब अपनेपन की कमी का कुछ हद तक अंदाजा लगता है। लेकिन सही मायनों में तो अपनेपन के वजूद की समझ तब आती है, जब हम किसी अजनबी अंजान जगह पर पहुँच कर वहाँ रहना शुरू कर देते हैं। जहाँ हम औरो के लिये और "और" हमारे लिये बिलकुल अंजान होते हैं। इसलिये हमेशा अपनों की कद्र और हिफाजत दोनों ही मुझे जरूरी लगते हैं।

5. जब 24 घंटों में से 16-17 घंटे पढ़ने में गुजरे तब एहसास हुआ कि शायद मेहनत इसी का नाम है, जुनून इसे ही कहते हैं। खाने से ज्यादा यह सोंच कि इस बार का प्रश्नपत्र कैसा आएगा? उसमें अच्छा कैसे करना है? अभी के हिसाब से क्या मेरा पाठ्यक्रम परीक्षा से पहले खत्म हो जायेगा? इन तमाम बातों की चर्चा होती रहती थी। मैं इस मामले में हमेशा ही $\pi/2$ पीछे ही रहा और शायद आज भी लेकिन खुश हूँ क्योंकि अच्छा करने का निरंतर प्रयास कर रहा हूँ, और उम्मीद है कि अब हारूंगा नहीं, थकूंगा नहीं। यही आपसे भी कहना चाहता हूँ कि अपने प्रयास जारी रखिये और अपने आप पर भरोसा रखिये एक दिन आप जरूर जीत जायेंगे।

6. मैं बहुत खुश हूँ जो मैं ऐसे साथियों के बीच रहा जो बहुमुखी प्रतिभा के धनी थे। कुछ ऐसे भी थे जिनका परिवार गरीबी के दौर से गुजर रहा था लेकिन फिर

भी किसी तरह अपने आप को व्यवस्थित किये हुए थे। उनके माथे पर गरीबी की शिकन नहीं थी, बल्कि उनके लिये वही उनकी सबसे बड़ी ताकत थी। वे आर्थिक रूप से भले ही कमजोर थे लेकिन दिल से और अपनी आदत से बहुत अमीर थे। बाहर के हॉटल पर चाय पीना भी होता था तब कई बार सोंचते थे। तब जाते थे, ये कंजूसी नहीं उनकी मित्तव्ययता थी, जो घर में उनके भाई बहनों के बहुत काम आती थी। ज्यादा कपड़े भले नहीं पहने लेकिन जितना सम्भव हुआ किताबों को जरूर पढ़ा कभी खरीदकर तो कभी मांगकर और ज्ञान अर्जित किया। यह जुनून था उनमे आगे बढ़ने का और शायद वही जुनून उन्हें गांव से नवोदय और नवोदय से गेल में लेकर आया था, मैं खुशनसीब था जो उनके बीच में रहने का मुझे मौका मिला। उनसे सीख पाया कि कभी खुद को आर्थिक स्तर पर कमजोर समझकर खुद में दुखी होकर प्रतियोगिता से बाहर कभी मत हो जाना बल्कि और ज्यादा मन लगाकर पढ़ना, एक दिन जरूर आर्थिकता का पैमाना तुम्हारे हाथ में होगा।

7. एक दूसरे को देखकर पढ़ना और आपस में एक दूसरे से सीखना ही जिंदगी में आगे बढ़ने का सबसे अच्छा तरीका है, और अगर कभी मिलना तो सिर्फ यही पूछना कि यार मैकेनिक्स समझ में नहीं आ रही, समझा दे भाई, अरे भाई यह इंटिग्रल हल कर दे इसका उत्तर नहीं आ रहा है। यह होता था आपस में मिलने और बात करने का प्रमुख कारण, इससे हमेशा यह याद रहता था कि हम यहाँ किस उद्देश्य के लिये आए हैं? इस बात से आप अंदाजा लगा सकते

हैं कि जहाँ रहकर हम अपने उद्देश्य की तैयारी करते हैं, वहाँ का माहौल कितनी महत्वपूर्ण भूमिका निभाता है हमारे उद्देश्य की प्राप्ति में।

8. न शरीर की चिंता ना हेयर स्टाइल का शौक, न फैशन की ख्वाहिश न किसी बड़ी चीज की फर्माइश, बस कुछ चाहत थी तो वह थी कि उद्देश्य पूरा हो जाये। उन्हे समय की कीमत पता थी, उसके(समय) खर्च का हिसाब उस समय उनसे बेहतर कोई नहीं जान सकता था। इसीलिए कई विध्यार्थियो ने अपने सिर मुंडवा दिए जिससे समय भी बच जाये और बालों का गिरना भी। (बाई वन गेट वन फ्री) हालाँकि आईआईटी में पहुँचकर कई चेतन भगत बन जायेंगे यह पता था लेकिन अभी बनने से नुकसान था, मैंने भी अपना सिर मुंडवा दिया क्योंकि उन्होने मुंडवा लिया और तब जाकर "इंडकटिव इफेक्ट" प्रयोगात्मक रूप से समझ पाया।

9. एक से बढ़कर एक दिग्गजों के बीच रहकर एक बात समझ में आयी कि -"आप मेहनत करके स्वयम् को बेहतर बना सकते हैं लेकिन उनकी बराबरी नहीं कर सकते जिन्हें प्रकृति से ही एक विशिष्ट दिमाग प्राप्त हुआ है और जो करने की कोशिश करते हैं, वे हींन भावना के शिकार हो जाते हैं। सामन्य विध्यार्थियो को उन्हें देखकर अपना रूटीन नहीं बनाना चाहिये, और न ही उन्हें देखकर खुद को कम समझना चाहिये। बल्कि उनसे सीखना चाहिये कि वे इतना सब इतनी आसानी से कैसे कर लेते हैं? शायद कुछ मदद मिल जाये क्योंकि सकारात्मकता हमेशा विजयी हुई है, भले ही देर से सही।

10. एक अंतिम बात जो प्रथम थी उसमें कुछ जोड़ते चलता हूँ। मैं अपने मां-बाप, नवोदय के शिक्षकों, भाई-बहन का प्रिय रहा उन्हीं से बात करने को तरस गया, क्योंकि वहाँ मोबाइल सख्त मना था और नियमों का पालन करना मेरी प्रवृत्ति में शुरू से ही रहा, हाँ लेकिन सत्यवादी हरिश्चंद कभी नहीं बन पाया। इसलिये साथियों के मोबाइल से सप्ताह मे एक बार घर पर बात कर लिया करता था, कोई और भी था जो मेरे लिए परेशान रहा करता था क्योंकि वह मेरे बिना पढ़ने में खुद को असमर्थ पाता था। उसे हमेशा मेरी जरूरत रही लेकिन मैं भी मजबूर था, फिर भी मेरी हर एक उप्लिब्ध पर मुझसे ज्यादा उसे खुशी होती थी, मेरा सफर बहुत ही लम्बा है पता नहीं इतना कोई इंतजार कर पायेगा मेरे लिये, शायद नहीं लेकिन कोशिश करूंगा कि मेरे सफर के हर पड़ाव पर मुझे उसका साथ मिले और मेरी हर जीत में वह शरीक हो। मेरे जीवन में, मेरी सबसे पसंदीदा पक्तियाँ आपको समर्पित करता हूँ -

"तुम्हारा साथ मिल जाता, सफर तब स्वर्ग हो जाता,
अकेलेपन की मायूसी का भी फिर अंत हो जाता,
मुझे मालूम है तुमने अकेले जीत पायी है,
अगर तुम साथ हो जाते तो फिर इतिहास बन जाता"

कभी-कभी कुछ पाने के लिये कुछ खोना पड़ता है सुना होगा, लेकिन उस कुछ खोने में "कुछ" ऐसा खोना पड़ जाये जिसकी भरपायी उम्रभर न हो पाये तब सब कुछ मिलने के बाद भी कुछ रास नहीं आता। यह व्यक्तिगत सोंच है मेरी, आप इससे सहमत ही हों ऐसी कोई बाध्यता नहीं है।

स्वयं का उद्देश्य एवं मां-बाप की ख्वाहिश

कई बार हमारी जिंदगी में समाज की दखलंदाजी हमें अच्छी नहीं लगती और इसी वजह से हम समाज से बगावत कर बैठते हैं या फिर अकेलेपन का शिकार हो जाते हैं। इसकी वजह जान पाना थोड़ा सा मुश्किल है, हाँ लेकिन इतना जरूर

समझा जा सकता है कि टकराव एवम् अलगाव तभी जन्म लेते हैं जब आपस में विरोध, घृणा और मतभेद पैदा होने लगते हैं। इस स्थिति में साथ देने वाले कम और गुमराह करने वाले व्यक्ति ज्यादा मिल जाते हैं। किसी ने कहा है कि ये दुनिया भी आपकी पहचान से ताल्लुक रखती है, आपके विचारो से नहीं, अगर आपकी पहचान अच्छी है तो आपका मजाक भी लोगों को अच्छा लगता है और वहीं अगर आपकी पहचान नहीं है तो आपकी अच्छी बात भी लोग सुनना पसंद नहीं करते। ये मैंने बहुत नज़दीक से देखा है, यह दुनियाँ सिर्फ "दुनिया उगते हुए सूरज को सलाम करती है" यह दोहराया हुआ कथन बहुत हद तक सच साबित हुआ है और होता रहेगा। हमारी परिस्थितियाँ हमारे अनुकूल नहीं होती हैं तो इस आयु में हममें से 60-70 प्रतिशत लोग हार मान लेते हैं, यह सोंचकर कि अब कुछ नहीं हो सकता। उस वक्त अगर उनके साथ कोई ऐसा व्यक्ति हो जो कंधे से कंधा मिलाकर उनके साथ खड़ा हो जाये और जो स्वयम् भी उसी स्थिति में हो जिसमें वे हैं, लेकिन उसका साहस, उसकी मेहनत और उसका जज्बा अभी भी उसकी हौसलाफजाई कर रहा हो, ऐसे व्यक्ति का सानिध्य पाकर एक निराशावादी विध्यार्थी जो हार मानने जा रहा था निश्चित ही जीवंत हो जायेगा। उसके धैर्य का कैपिसिटर फिर से आवेशित हो जायेगा, और उसके मेहनत के पहिये फिर से तेज घूमकर उस रफ्तार को प्राप्त कर लेंगे जो बस कुछ समय पहले शून्य को प्राप्त करने वाली थी। ठीक यही सोंचकर मैंने भी "एक पहल की है सफलता की ओर", जिंदगी चुनौतियों से भरी पड़ी है, कभी भी एक विफलता से हमें यह नहीं सोंच लेना चाहिये कि अब जीवन खत्म हो गया। हमेशा इन पंक्तियों को ध्यान में रखना और हार से हमेशा लड़ते रहना-

तुम चाहते तो हालात बदल सकते थे।

हमारी आँखों के आंसू, तुम्हारी आँखों से भी निकल सकते थे।

तुम तो ठहर गये महज एक झील की तरह,

अगर चाहते तो दरिया बनकर बहुत दूर निकल सकते थे।

चुनौतियो के इस दौर में एक सबसे बडी़ चुनौती विध्यार्थी जीवन में दस्तक देती है। हमारी बढ़ती उम्र के साथ हमारे परिवार की आशाये भी बढ़ने लगती हैं और कभी-कभी हमारी सोंच और उनकी सोंच में मतभेद पैदा हो जाता है। यह मतभेद अगर रुकता नहीं या फिर खत्म नहीं होता तब रिश्ते टूटने के कगार पर अक्सर आ जाते हैं। कई सपने, कई अपने, अचानक से पराये हो जाते हैं। ये परायापन हमें कमजोर बना देता है, हम ताश के पत्तो की तरह बिखर जाते हैं, ऐसी चुनौतियों से जीत पाना आसान नहीं होता। जो समझ और भरोसे से काम लेता है वही इन पर पार पाता है। हमारे माँ-बाप अक्सर चाहते हैं कि उनका बेटा या बेटी एक आईएऐस अधिकारी बने या फिर कोई डॉक्टर बने, या एक अच्छा अभियंता बने और उनका नाम रोशन करे। लेकिन उसके ठीक विपरीत हम कुछ और बनना चाहते हैं हमारे या दूसरे अर्थों में कहू तो यह कि हमारी रुचि हमारे माँ -बाप के सपनों के अनुकूल नहीं होती, ऐसी स्थिति में फैसला करना बहुत मुश्किल होता है। एक तरफ वे दो शख्स जिनकी अंगुली पकड़कर कर हम चलना सीखे और दूसरी तरफ कुछ खुद की चाहत, अगर एक को अपनाया तो दूसरे का दिल खुद व खुद टूट जायेगा। लेकिन अगर मान लो हम उस रास्ते पर निकल पड़ते हैं जिस पर हमारे दिल और दिमाग दोनों को जाने की अभिलाशा न हो तब हम निश्चित ही रास्ते के बीच में ही

हार मानकर खुद को खोए हुए राही की तरह खो देंगे, और वे लोग जो हमारे लौटने के इंतजार में ही अपना जीवन व्यतीत कर रहे हैं, उसी इंतजार में ही निराशा लेकर पुनह वहीं लौट जायेंगे जहाँ से फिर आप उन्हें वापस कभी नहीं ला सकते। इसलिए कुछ समय की नाराजगी अगर किसी को बाद में जीवन भर के लिये यह कहकर अमर बना सकती है कि यह एक ऐसे मां-बाप की औलाद है जो, उसे ताउम्र अच्छी तालीम देते रहे, तब आपको भी अभिमान होगा कि आप ऐसे मा-बाप की संतान हो जिन्हें दुनिया सम्मान देती है और उन्हें इसलिये खुद पर गर्व होगा कि उन्होंने आपको जन्म दिया जो आज इतने बड़े मुकाम पर खड़ा है, दुनिया के हर मा-बाप अपनी संतान को सफल होता देखना चाहते हैं। वे चाहते हैं कि हम उन्हें वह सम्मान दिलाएँ जिसके वे हक़दार हैं और जो सभी को यूँ ही नहीं मिल जाता। इसी उम्मीद में उनके बाल सफेद हो जाते हैं। हमारी हर एक ख्वाहिश पूरी करते करते उनकी जिंदगी बीत जाती है। वे अगर इतना हमसे आशा रखते हैं तो जायज है उनकी यह उम्मीद जो हमारी सफलता से जुड़ी है। लेकिन एक बेहद चितनीय प्रश्न यह उठता है कि वे वह चाहते ही नहीं जो हमें पसंद है, इस स्थिति में आपको संयम से काम लेने की जरूरत है। अगर आप के संज्ञान में कोई ऐसा आपका नजदीकी है जो आपके मां-बाप को समझा सके, तब आप उनकी सहायता ले सकते हैं। लेकिन इससे ज्यादा जरूरी यह होगा कि आपको उस तरफ अच्छा करना होगा, जिधर आपकी रुचि है, तब उन्हें भी एहसास होने लगेगा कि आपने अपना रास्ता भले खुद चुना है, लेकिन अच्छा चुना है। एक ही जीवन मिलता है इसे ऐसे जीने की कोशिश करो कि दुनिया को याद रह जाओ। अपनी छोटी छोटी उपलब्धियों से अपने आत्मविश्वास को

बढ़ाते रहो और गलतियों से सीखते रहो। फिर देखना यह आदत आपको एक बहुत अच्छा इंसान बना देगी और सफलता प्राप्त करने से पहले एक अच्छा इंसान होना बहुत जरूरी है। यह जिंदगी हमें खैरात में नहीं मिलीं है, यह एक ऋण है हमारे माता-पिता का हम सब पर जिसे हमें हर कीमत पर चुकाना होगा, उनके नाम को आगे बढ़ाना हमारा कर्तव्य है और इंसानियत का दस्तूर यही भी है। हम एक ऐसे देश के वासी हैं जो प्राचीन काल में शिक्षा का प्रमुख केंद्र रहा है, जहाँ के लोग सदियों से देश की मिट्टी को भी माँ का दर्जा देते रहे हैं, जहाँ अलग अलग संस्कृतियों ने इस बात का प्रमाण प्रस्तुत किया है कि भेष और भाषा भले अलग हों लेकिन दिल और देश दोनों हमेशा से एक हैं। समय एक ऐसी चुनौती है हमारी जिंदगी में जिसे कभी खत्म नहीं किया जा सकता है। जिसे कभी मिटाया नहीं जा सकता है, हां लेकिन अगर उसका सही ढंग से उपयोग किया जाये तो उसे बचाया जा सकता है। एक विध्यार्थी के लिए समय की कोई कीमत नहीं है, इसी के संदर्भ में एक प्रामाणिक बात बताता हूँ। कभी कभी हम सब एक उलझन महसूस करते हैं जिसमें समय कम होता है लेकिन चीजे बहुत ज्यादा होती हैं। ज्यादातर लोग कम से कम समय में ज्यादा से ज्यादा चीजें सीखना चाहते हैं और इस जल्दबाजी में हम किसी विषय को अच्छे से नहीं सीख पाते क्योंकि हम एक विषय को जल्दी से खत्म करके आगे बढ़ना चाहते हैं।तथ्यो को समझ लेते हैं लेकिन उन्हें ध्यान में रखने के लिये पर्याप्त समय नहीं देते हैं और फिर आधे-अधूरे ज्ञान को ही प्राप्त कर पाते हैं जो सबसे ज्यादा खतरनाक होता है, एक अच्छे विध्यार्थी के लिये। इसका परिणाम हमें परीक्षा के समय भुगतना पड़ता हैं जब हमें प्रश्न का उत्तर तो पता होता है लेकिन प्रश्न के जरा से

बदल जाने पर हमारे अंदर संदेह उत्पन्न हो जाता है और उत्तर जानते हुए भी हम उस संदेह की वजह से उत्तर नहीं लिख पाते हैं और बाद में बहुत अफसोस होता है एवं बाद में एहसास भी होता है कि काश अच्छे से पढ़ा होता भले ही थोड़ा पढ़ा होता। इंसान की आकांक्षाएँ कभी खत्म नहीं हो सकती, यह भी एक सच है जो झुठलाया नहीं जा सकता। जितना ही हमें मिलता जाता है उतना ही हमारी भूख और बढ़ती जाती है। सन्तुष्टि नाम तो बस कहने और सुनने मात्र भर के लिये रह गया है और जिसके अंदर सन्तुष्टि नहीं आती उसे बहुत कुछ मिल भी जाता है, तब भी वह चैन की नीद नही सो पाता। हर जगह संतुष्टि प्राप्त करना भी हमारे लिये घातक हो सकता है जैसे कि प्रतियोगिता के दौर में अगर आप खुद को थोड़े से विध्यार्थियो के बीच में सबसे होशियार समझकर पढ़ना छोड़ देंगे, मेहनत करना कम कर देंगे तो भविश्य में आप कुछ खास नहीं कर पायेंगे। ऐसा होते मैंने देखा है, आप गरीबी में रहकर खुद के संसाधनों से संतुष्ट होते हैं तब अच्छी बात है। लेकिन अपने ज्ञान को लेकर संतुष्टि आपमें कभी नहीं आनी चाहिये वरना आप सीखना बंद कर देंगे और धीरे धीरे आपका ज्ञान खत्म होने लगेगा और आप फिर शून्य की तरफ प्रस्थान कर जायेंगे। जहाँ से आप आये थे, आप पुनह वहीं पहुँच जायेंगे और यही होगा जीवन का दुखद अंत होगा। हममें से कई विध्यार्थी यही सोचते रहते हैं कि जल्दी से विषयवस्तु को खत्म कर दिया जाये जिससे हम परीक्षा में शत्-प्रतिशत अंक लेकर आयें। इस वजह से आधे अधूरे ढंग से पढ़ाई हो पाती है और किसी प्रश्न का उत्तर हम ढंग से नही लिख पाते हैं, अगर आप भी स्वयं को इसी क्रम में महसूस करते हैं तो आपको इसे बदलना होगा। आपकी सोंच की मैं तारीफ करता हूँ क्योंकि

आप चाहते हैं कि आप अपने प्रयास से अधिकतम से अधिकतम प्राप्त कर सके और समय रहते अपनी पूरी तैयारी कर सकें। आप चाहते हैं कि आपको जल्द से जल्द सफलता प्राप्त हो जाए। लेकिन ऐसा करने से आपका धैर्य कम हो जायेगा जो बेहद जरूरी है, जीवन के हर संघर्ष भरे पड़ाव में आपको इसकी जरूरत पड़ेगी। इसलिये इस बात को आपको हमेशा ध्यान रखना होगा और आप अगर इस क्रम में नहीं हैं तो बहुत अच्छी बात है, लेकिन चाहें तो आप भी इस बात को ध्यान में रखकर खुद को और परिस्क्रत कर सकते हैं। जैसे एक पौधे को सबसे पहले लगाया जाता है। उसे समय से पानी दिया जाता है, उसकी रक्षा की जाती है जब तक वह पौधा पेड़ का रूप नहीं ले लेता हम उसकी निरंतर देखभाल करते रहते हैं और जब वह पेड़ बड़ा हो जाता है। तब हमें वही पौधा फल देता है, हमारी धूप से रक्षा करता है और हमारे वातावरण को शुद्ध रखता है। ठीक उसी प्रकार हमारे माँ-बाप बचपन मे हमारी एक पौधे की तरह देखभाल करते हैं। हमें कोई भी दुख महसूस नहीं होने देते, और हर संभव प्रयास करके हमें काबिल बनाते हैं, और हमसे यह उम्मीद रखते हैं कि हम बड़े होकर उनके अधूरे सपने पूरे करेंगे। उनके बुढ़ापे का सहारा बनेंगे और उनकी यह उम्मीद और विश्वाश जायज है, हमें हर हाल में अपने माता-पिता का ख्याल रखना होगा और उन्हें यह एहसास दिलाना होगा कि आप दुनियाँ के सबसे बेहतर बेटे-बेटियों में से एक हो। इसलिये अपने भविश्य से जुड़े सभी प्रमुख फैसले आपको बहुत सोंच समझकर लेने पड़ेंगे और मतभेदो को प्रेम से खत्म करना सीखना होगा न कि गुस्से और झगड़े से। आप जानते हैं जब एक पौधा पेड़ बनकर हमें फल, छाया, हवा प्रदान करता है तो हमें कितनी खुशी का अनुभव होता है

क्योंकि हमने ही उसे लगाया होता है। लेकिन उस पौधे को पेड़ बनने में जो समय और मेहनत लगती है वह बहुत मायने रखती है। उसी तरह हम भी उद्देश्य को प्राप्त करने के लिये लगातर कई वर्षों तक प्रयास करते रहते हैं, इस उम्मीद के साथ कि एक दिन हमें सफलता अवश्य मिलेगी। अगर आपने स्वयं में धैर्य को बहुत अच्छे से धारण कर रखा है, आप तभी एक लम्बे समय तक अपनी उम्मीद पर कायम रह सकते हैं। मुझे भी इस बात का अंदाजा है कि जब हमारे अथक प्रयास करने के बाद भी हमें सफलता प्राप्त नही होती है। तब हम बहुत निराश हो जाते हैं, यह मैंने भी जिया है और समझा भी, हम इतना कमजोर क्यो हो जाते हैं ? क्या सिर्फ इस वजह से कि हमारी मेहनत बेकार चली गयी या हार जाते हैं यह सोंचकर कि हम यह नहीं कर सकते, असल में मेहनत कभी बेकार नहीं जाती और दूसरा यह कि जब अब आप नहीं कर सकते तो पहले इतनी मेहनत करने की क्या जरूरत थी? हमारे देश को हमारी जरूरत है कब तक मजदूरी करोगे और करोगे भी तो अब होगी नहीं(पढ़ाई करने के बाद), इतनी मेहनत का क्या औचित्य रह जायेगा, इसलिये हर कीमत पर हमें जीतना ही होगा और हम जीत सकते हैं। यह मोदी जी का भाषण नहीं है और न ही अरविंद केजरीवाल जी के शब्द, यह मेरे अंतर्मन के विचार हैं जो आपके बीच में रहकर मुझे आपसे तोहफे में मिले हैं और मैं ये तोहफा आपको लौटा रहा हूँ क्योंकि आपको भी मेरी तरह इसकी बेहद जरूरत है। बड़ों से अक्सर सुना होगा कि मेहनत कभी खराब नहीं जाती, कभी न कभी तो वह हमारे काम आ ही जाती है। बस यह अलग बात है कि सब यह नहीं जान पाते कि कब काम आ गयी? अपने उद्देश्य के अनुसार खुद को तैयार करो और मां-बाप को यह एहसास दिलाओ कि वे खुद खुदसे और औरो से

कहने लग जाएँ कि मेरा बेटा, मेरी बेटी कभी गलत हो ही नहीं सकते, तब आप मेहनत करेंगे अपने उद्देश्य के प्रति समर्पित रहेंगे और हर रोज कुछ नया सीखते जायेंगे।

सब आपका साथ देंगे, और साथ ही नहीं देंगे बल्कि हर परिस्थिति में आप उनका सानिध्य प्राप्त करेंगे।

मित्रता और सहनशक्ति

हमारी असल जिंदगी में (12-20 वर्ष) उन लोगों का बहुत प्रभाव पड़ता है जिनके साथ हम पढ़ते हैं, जिनके साथ हम खेलते हैं अपनी भावनाएं व्यक्त करते हैं। अगर आपके साथ रहने वाले आपके साथी बेहतर हों, तब आपको भी उनसे बहुत कुछ सीखने को मिलता रहता है, और तब आपकी मंजिल की राहें और भी आसान हो जाती हैं। लेकिन मेरा यह कहना बिल्कुल भी नहीं है कि अगर आपके साथी अच्छे न हों तो आप अपनी मंजिल तक नहीं पहुँच सकते पर ऐसे सोंचिये कि आप एक काल्पनिक दुनियाँ में रह रहे हैं जहाँ हर चीज में एक धोखा है, एक फरेब है। जहाँ व्यक्तित्व

बनाये नहीं बल्कि बिगाड़े जाते हैं। जहां दोस्ती तो होती है लेकिन सिर्फ दिखावे के लिये, निभाने के लिये बिल्कुल भी नहीं। तब आप सोंचिये कितने समय तक आप स्वयम् को उनके प्रभाव से प्रभावित होने से बचाते रहेंगे? और इसी तरह अगर आप एक गंदे माहौल में रह रहे हो तो आप गंदे नहीं होगे इसकी प्रायिक्ता कम है लेकिन शून्य नहीं, आपमें भी दुर्गुण आना स्वाभाविक है पर जरूरी नहीं, और यह जरूरी शब्द तब लागू होता है जब आपको अपनी मंजिल के आगे और कुछ अच्छा ही नहीं लगता हो। आपको गलत धारणाओं को धारण करने का वक्त ही नहीं मिलेगा, जब आप अपने उद्देश्य के प्रति तन, मन और लगन से समर्पित हो जायेंगे। लेकिन यह कहना जितना आसान है करना उतना ही कठिन है। आप किसी चीज को बिगाड़ तो बहुत आसानी से सकते हो, लेकिन बनाने में बहुत मेहनत करनी पड़ती है, और कभी कभी तो हमारी मेहनत किसी काम नहीं आ पाती। आप इस बात से इंकार नहीं कर सकते कि आप एक इंसान नहीं हैं बल्कि कोई फरिश्ता हैं, मैं ऐसा इसलिये कह रहा हूँ क्योंकि हम इंसान ही हैं जो भौतिकता के आगे कमजोर पड़ जाते हैं। यही कमजोरी बाद में चलकर हमारे पतन का एक प्रमुख कारण बनती है, मेरा यह कहना बिल्कुल नहीं है कि जो दुनियाँ के लिये बुरा हो वह आपके लिये भी बुरा होगा, हो सकता है वह आपके लिये बहुत अच्छा हो और शायद सापेक्षता का सिद्धांत भी इसकी पुष्टि करता है। जब सत्य सापेक्ष है तो हमारा व्यवहार, हमारी आदत अलग-अलग लोगों के प्रति अलग-अलग हो सकते हैं। ऐसा कभी नहीं सोचना चाहिये कि बुरे दोस्तों के साथ रहने पर हम बिगड़ जायेंगे, अपनी मंजिल से गुमराह हो जायेंगे। क्या आप उन्हें अच्छा नहीं बना सकते हैं? क्या आप उन्हें सुधार पाने की

हिम्मत नहीं रखते हैं? क्या हमेशा बुरे लोग ही अच्छे लोगों को बुरा बना सकते हैं? क्या इसका विपरीत हमारी पृथ्वी पर अस्तित्व में नहीं है? मैंने भौतिकी में पढ़ा है कि दुनियाँ में हर एक पार्टिकल का एंटी पार्टिकल मौजूद होता है और अध्यात्म भी इसका पक्षधर है। हां यह बात और है कि हमें उसे देखने की या महेसूस करने की शक्ति प्राप्त नहीं है, और इसी शक्ति का हमें संचार करने की आवश्यकता है, अन्यथा हमारा मानवीय धर्म संकट में पड़ जायेगा और हम भले ही एक अच्छे व्यक्तित्व के निर्माता बन जाएँ लेकिन भटके हुए को सही राह दिखाने में हमेशा असमर्थ रहेंगे। इसलिये यह सोंच बिल्कुल गलत है कि बिगड़े हुए को सुधारा नहीं जा सकता। उसके साथ काम नहीं किया जा सकता। अच्छी सोंच और विचारों की स्थिरता हमें यह मुकाम भी हासिल कराती है। इसलिये इसका निर्वहन करना ही होगा। आप कैसे लोगों के साथ रहते हो? यह खुद से जानना या दूसरो के माध्यम से जानना बिल्कुल जरूरी नहीं है। लेकिन आप उनसे क्या सीखने की इच्छा रखते हैं, यह जरूरी भी है और यह तय करने में भी मदद करता है कि क्या आपको आपकी मंजिल तक पहुचाने में वे चीजें मददगार हैं जो आपने अपने साथियों से सीखी हैं? इसके साथ ही यह बात भी जहन में आती है कि इतना समझदार कोई कैसे हो सकता है? कि उसे सब पता चल जाये कि क्या सही है और क्या गलत है? कौनसी चीजें उद्देश्य की प्राप्ति के लिये जरूरी हैं और कौनसी नहीं? ये बिल्कुल सत्य है और इसे नकारा नहीं जा सकता। लेकिन नकारात्मकता से कभी किसी को कुछ मिला नहीं है। हम सामर्थ्य रखते हुए भी अपने अंदर विश्वाश नहीं ला पाते, हम डरते रहते हैं और हार मान लेते हैं, हॉलीवुड की एक फिल्म "द ग्रीन लैटर्न" इसी विषय पर आधारित है,

एक साधारण मानव अपने डर पर काबू पाकर और उसी डर को अपनी सबसे बड़ी ताकत बनाकर एक खूँखार शैतान से पृथ्वी की रक्षा करता है। यह काल्पनिक नहीं है यह विश्वाश पर आधारित एक तथ्य है जो सकारात्मकता की मांग करता है। यह झूठ नहीं है, और आसान भी नहीं है। लेकिन फिर भी भरोसा किया जा सकता है, और जिनमें आगे बढ़ने का ज़ज्बा होता है, वे फिर ऐसे कामों को अंजाम दिया करते हैं। उनके इरादे ही उनकी सफलता की कसौटी तय करते हैं। ऐसे ही वे इंसान होते हैं जिनके साथ रहकर बुरे से बुरे लोग भी अच्छाई का पाठ पढ़ने लगते हैं, और एक अच्छी जिंदगी जीने के लिये अपने साथी की तरह निरंतर प्रयास करने लग जाते हैं। जरा सोचिये क्या आप आसान काम करके एक बड़ी उप्लब्धि की आशा कर सकते हैं? मेरे खयाल से बिल्कुल नहीं, वरना आज इतना फासला नहीं होता अमीरी-गरीबी में और मेहनत की औकात भी कम हो जाती। आपने कभी ऐसा महसूस नहीं किया कि दो दोस्त साथ-साथ पढ़ते हैं, साथ-साथ रहते हैं, उनमें से एक कॉलेज का टॉपर होता है और दूसरा 7 सीपीआई बनाने में भी सफल नहीं हो पाता आखिर ऐसा क्यों? हम तो यही मानते हैं न कि अच्छे लोगों के साथ रहने से हम भी अच्छे बन जाते हैं, हां एक दम हमने सही सुना है। लेकिन उसके साथ जुड़ी तमाम शर्तो को कभी जानने की कोशिश ही नहीं की, ठीक उसी तरह जैसे भौतिकी में थ्योरी तो आ जाती है लेकिन जब सावल लगाते हैं तब उत्तर नहीं मिल पाता, उसका कारण होता है हम तथ्यों को अक्सर नकार दिया करते हैं। उन पर ज्यादा ध्यान नहीं देते और गलत ढंग से समझ लेते हैं। जसकी वजह से बाद में हम उस बात को गलत साबित करने में अपना समय खराब करते रहते हैं। जोकि हमारी सबसे बड़ी गलती होती है, यह

बाते कहने और सुनने में बहुत तुच्छ लगती हैं लेकिन कभी कभी यही जिंदगी में एक सबक बनकर दिल में घर कर जाती हैं। हम जब छोटी से छोटी चीज को महत्व देने लगते हैं तब खुद व खुद हमारी गलतियां कम होने लगती हैं और हममें सटीकता आने लगती है। जो आज के युग की महत्वपूर्ण माँग है। गलतियों से सीखकर आगे बढ़ना एक अच्छे विध्यार्थी की पहचान है। इसलिये हमारे मित्र कैसे हैं? यह ज्यादा मायने नहीं रखता बल्कि हम कैसे हैं और क्या सीखते हैं उनसे ज्यादा मायने रखता है। अपनी कमियों को स्वीकार करना हमें आना चाहिये और अगर कोई बताये तो उसे भी खुशी के साथ स्वीकार करना चाहिये। अपना अहम कभी आगे नहीं लाना चाहिये वरना कभी भी स्वयम् में सुधार नहीं लाया जा सकता, हालांकि जब कोई हमारी कमियों को बताता है तब अधिकांश लोगों को बुरा लगता है, लेकिन अगर सफलता प्राप्त करनी है तब बुरा मानने की जगह अपनी गलतियों को दूर करने के प्रयास में अपनी ऊर्जा का उपयोग करना चाहिये न कि उसके खिलाफ बहस करने में। हमारी सबसे बड़ी कमज़ोरी वह होती है जब हमें सफलता नहीं मिलती और हम हताश हो जाते हैं। यह हताशा मानता हूँ कि लाज्मी है क्योंकि जब आपने दिन रात एक कर दिया हो और उसके बाद भी अपेक्षित सफलता न मिली हो तब बहुत बुरा लगता है। मैं भी इस बात से शत प्रतिशत सहमत हूँ, लेकिन इसका मतलब यह तो नहीं है कि हम हार मान जाएँ, ऐसी स्थिति में आपको धैर्य बनाकर रखना होगा क्योंकि

"मौके और मुकाम दोनों इतनी असानी से मिलने वाले नहीं होते" उनका उचित इंतजार करना पड़ता है। जिंदगी में प्रत्येक परिस्थित को स्वीकार करना भी एक कला है जो सभी में नहीं होती। लेकिन आगे बढ़ने के लिये ये बेहद जरूरी है,

ऐसा होता है हमारी कड़ी मेहनत भी कभी कभी किसी काम नहीं आ पाती और कभी कभी कुछ न करने पर भी बहुत कुछ अपने आप ही मिल जाता है। लेकिन अगर भूख लगने के बाद भोजन मिले तो उसकी मिठास एक भूखा ही समझ सकता है, उसे लिखना भी चाहूँ तो मैं नहीं लिख सकता।वहीं, उस भोजन की कोई कीमत नहीं जब हमें भूख ही न हो भले ही भोजन कितना भी स्वादिष्ट क्यों न हो (अपवाद छोड़कर)। ठीक इसी तरह अथक प्रयासों के बाद हासिल हुई सफलता की कीमत और सन्तुष्टि दोनों ही चिरस्थाई होती है। सफलता पाना हमारे हाथ में नहीं है लेकिन हमारी मेहनत और लगन हमें कठिन से कठिन परीक्षा में भी सफलता दिलाने में हमेशा से कामयाब रही है। हर एक विध्यार्थी के जीवन में संघर्ष तो हमेशा से रहे हैं, उनसे डरना कैसा और क्यों डरना जब हम जानते है कि डर के आगे ही जीत है| इसलिये बस भरोसा रखो अपनी मेहनत और अपने आप पर, यह आपके आत्मविश्वास को बल देगा।

फिर भी किन्हीं हालातों के चलते अगर हार दिलों और दिमाग में घर करने लगे तो हमेशा याद रखना कि-

"अगर हारने लगो हौसले तो बस इतना याद रखना,
बगैर मेहनत के हासिल तख्तो ताज नहीं होते,
अँधेरों में भी ढूँढ़ लेना अपनी मंज़िलें क्योंकि,
जुगनू कभी उजाले के मोहताज नहीं होते"।

साहित्य सिर्फ पढ़ने और ज्ञान प्राप्त करने का माध्यम नहीं है। यह हमें व्यावहारिक भी बनाने में हमारी मदद करता है और हमसे कुछ भी करवा सकता है इसी वजह से आपके जोश को बरकरार रखने के लिये मैंने उपर्युक्त पंक्तियो को लिखना उचित समझा। कहा जाता है कि दिल में अगर कुछ

करने का जोश हो तो काम आसान भी हो जाता है और उसे करने में आनद की भी अनुभूति होती है। यह जोश ही तो है जिसकी वजह से मैं लिख पाया। आप भी इसे बनाकर रखिये भविश्य में यह आपके बहुत काम आने वाला है जब आप हार के खौफ से भयभीत होंगे, उस समय यह आपको मजबूती देगा। फिर भी चलो मान भी लिया जाये कि इतना सब होने के बावजूद भी हमें हार का सामना करना पड़ जाये, तब क्या दुख और हताशा हमें जीत दिलाने वाली है? इसलिये बस हमें हर दौर में हार से लड़ते रहना सीखना चाहिये। हमारी हर हार हमें हमारी कमियों को सुधारने का मौका देती है और इस मौके को हमें हर हाल में इस्तेमाल करना ही होगा। अगर हम स्वयम् को सुधारना चाहते हैं तो हमें अपनी प्रवृत्ति में परिवर्तन लाना ही होगा, एक साल के बच्चे को देखा है, बार बार चलने की कोशिश करता है और इस बीच कई बार गिरता है लेकिन फिर उठता है और अंत में एक दिन चलने लगता है। याद है हम भी कभी उन्हीं में से एक थे, हम भी तो नहीं हारे थे, हमने भी तो अपने डर पर विजय हसिल की थी, तो फिर आज हार से हारना कैसा? जबकि अब हम पहले से कहीं ज्यादा समझदार हैं, क्या आज उस एक साल के बच्चे में हार से लड़ने का साहस नहीं बचा या फिर वह अपनी मेहनत से हार गया है, या मेहनत करना अब और उसे नहीं भाता। याद रहे हारता वही है जो जीतना चाहता है। अगर जिंदगी में आगे जाना है तो हार से लड़ना सीखना ही होगा, उसका सकारात्मक ढंग से सामना करना ही होगा और साथ ही साथ उस हर एक स्थिति को स्वीकार करना होगा जो आपको आगे जाने से रोकती है। उनका निवारण भी आपको स्वयम् ही करना होगा, दूसरे साथ तो तब देतें हैं लेकिन तब, जब आपकी पहल उन्हें अच्छी लगती है, हमेशा जीवन में एक बात याद रखना अगर,

"आप किसी से सहायता की अपेक्षा रखते हैं तो सबसे पहले खुद से रखिये"

किसी को दोषी ठहराने से आपकी स्थिति नही बदलने वाली और न ही ऐसा करने से आपको सफलता हासिल होने वाली। अगर आप हारे हैं तो उसकी वजह आप और सिर्फ आप हैं, न कि समाज और अगर समाज है भी तो आप उसे यह एहसास तभी दिला सकते हैं, जब आप फिर से मुश्किलों से लड़ने को तैयार हो जाते हैं, दूसरों से पहले खुद ही खुद की मदद करनी होगी खुद को इस लायक बनाना होगा कि आपके करीबी आपके कहने से पहले ही आपकी मदद के लिए आगे आ जाएँ। हार का रोना रोकर आप दिल का बोझ तो हल्का कर सकते हैं, लेकिन जीत नहीं सकते और आप अगर जीत नहीं पाये तो उनका क्या जो एक लम्बे अरसे से आप से उम्मीद लगाए हैं? इस उम्मीद की परवाह जब तक आप करते रहेंगे आप कभी हार नहीं मानेंगे, ये मेरा विश्वाश है, यह जिंदगी बार-बार नहीं मिलने वाली, इसे इस तरह जियो कि आपके जाने के बाद भी ये सारी कायनात आपको याद करे।

हार से मत हार ऐ मुसाफिर,
अभी तो बहुत दूर जाना है,
मत कर इंतजार किसी के साथ आने का,
चल पड़ अकेले ही, अगर कुछ कर दिखाना है

बेबस और बदहली में कभी मत जीना आप देश का गौरव हो, इसे हर हाल में साबित करना है आपको।

"यूँ बेबसी की जिंदगी मत गुजार मुसाफिर, तेरी उम्मीद की जद में तो ये सारा जमाना है"

प्रतिभा और आर्थिक स्थिति

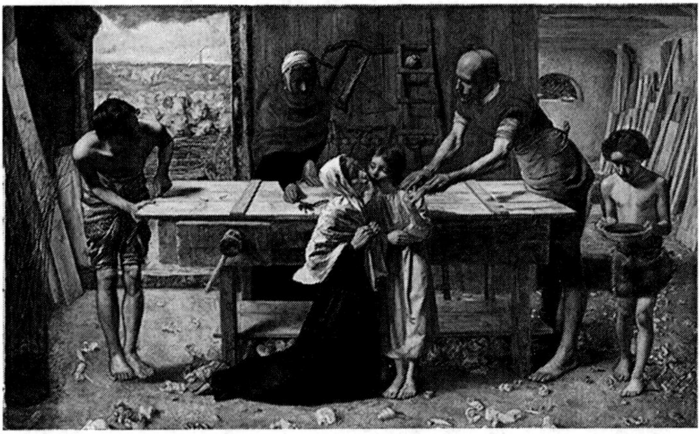

मैंने कहीं पढ़ा था कि.......

"कलाओं का अस्तित्व कभी व्यवस्थाओं का मोहताज नहीं होता है"

बचपन में सुनता था तो बहुत अच्छा लगता था और फिर कहता था कि कितना बेहतर लिखा है किसी ने, लेकिन आज हक़ीकत से रूबरू हुआ तो समझ आया कि कुछ कथन कहने और सुनने में ही अच्छे लगते हैं। जबकि उनका सम्बंध हमारे वास्तविक जीवन से होता ही नहीं है। हाँ लेकिन इतना मैं दावे के साथ कह सकता हूँ कि वे हमारा हौसला बढ़ाने में

जरूर हमारे काम आते हैं और इसी विश्वास के बल पर मैंने भी लिख दिया, अक्सर वे प्रतिभाएँ अतीत का महज एक हिस्सा बनकर रह जाती हैं, जिन्हें हर कोई अक्सर पढ़ना नहीं चाहता और न ही दूसरों के जरिये जानना चाहता है। इतना समय कहाँ है कि लोग अपने रोने से ज्यादा दूसरे के रोने पर ध्यान दें, लेकिन फिर भी हमें ध्यान देना चाहिये ऐसे विध्यार्थियो के जीवन स्तर पर जिनके पास सपना तो होता है लेकिन पर्याप्त नींद नही, कुछ करने की चाहत तो होती है लेकिन हौसला नहीं, चांद को छूने की ख्वाहिश और सामर्थ्य दोनों ही होते हैं लेकिन हिम्मत नहीं जुटा पाते, उनके पास परिकल्पनाऐं तो हजारों की संख्या में होती हैं लेकिन उन्हे व्यावहारिकता में लाने के लिए उचित संसाधन मौजूद नहीं होते और इसके चलते हमारा युवा मानव संसाधन दुकानों पर काम करते या होटलों में बर्तन साफ करते नजर आता है। जिस पर न तो किसी नेता का ध्यान जाता है और न ही किसी एनजीओ का जो जगह जगह दावा करते थकते नही कि उनसे बड़ा गरीबो का मसीहा और कोई नही है। भारत का युवा मानव संसाधन पूरे विश्व में अव्वल दर्जे का माना जाता है इसमें कोई दोराय नहीं है। बचपन से सुनता आया हूँ कि भारत प्रतिभाओं का धनी है और उसका प्रमाण भी गूगल और माइक्रोसाफ्ट जैसी अव्वल दर्जे की कंपनियों में प्राप्त किया जा सकता है। जहाँ अगर भारतीय न हो तो उनके कारोबार पर गहरा असर पड़ सकता है। काम हम करते हैं और नाम किसी और का होता है। मैं गांव में पला भी और बड़ा भी वही हुआ।वहाँ बचपन किस तरह गुजरता है बहुत अच्छे से जानता हूँ। वहाँ शिक्षा का कोई उचित माध्यम नहीं होता और न ही समुचित सुविधाये मिल पाती हैं और सरकार कुछ करती भी है तो उसका लाभ सिर्फ उन्हें

ही मिलता है जिन्हें नहीं मिलना चहिये। जरूरतमंदो को कुछ मिलता है तो वह होती है नेताओं की, वकीलों की, कोटेदारो की झूठी सांत्वना और हमदर्दी। शायद आज इसी को "शोषण" कहा जाता है। जहाँ लोगों को शारीरिक रूप से नहीं बल्कि मानसिक और आर्थिक रूप से वेवकूफ बनाया जाता है। उनके मौलिक अधिकारों का हनन किया जाता है कहने के लिये तो हमारे पास विश्व का सबसे मजबूत लोकतंत्र है लेकिन शायद वह मजबूती महज पन्नों तक ही सिमट के रह गयी है। जहाँ आम जनता को सिर्फ वोट लेने के समय याद किया जाता है, शिक्षा की व्यवस्था भी इतनी सराहनीय है कि असराहनीय लगती है। किसी गरीब का बच्चा प्रतिकूल परिस्थितियों में भी पढ़कर बहुत अच्छे अंकों से परीक्षा उत्तीर्ण करता है, लेकिन अगले दिन अखबार में नाम आता है बड़े-बड़े वकीलो, नेताओं, अमीरों के बच्चों का और बड़ी शान से लिखा होता है कि इंजीनियर की बेटी बनना चाहती है आईएएस ,डॉक्टर अनूप अग्रवाल के पुत्र ने जिले में १०वां स्थान प्राप्त करके माँ-बाप का नाम रौशन किया, अरे! जिनका नाम पहले ही रोशन है उसका और कितना रौशन होगा? जरा सोचिये उस विध्यार्थी के मनोबल पर कितना गहरा असर पड़ता होगा जो वास्तव में अखबार की सुर्खियों में छा जाने का हकदार था? क्या सिर्फ उसकी यह गलती थी कि वह एक साधारण से गांव में रहता था या फिर उसके माता पिता की गरीबी, जो मीडिया को सम्पादन का पैसा देने में असमर्थ थे। ऐसी बातो से मेरा दिल आहत हो जाता है लेकिन सच यही है आज होनहार छात्र-छात्राओं से ज्यादा उनके होनहार काबिल माँ - बाप का प्रभुत्व है और जिसका फायदा काफी हद तक उनके बच्चों को मिलता है। मैं ऐसा कहकर उन्हें दोष नहीं दे रहा हूँ जो ऐसी जगह जन्में जहाँ उन्हें उनकी

पारिवारिक पृष्ठभूम्मि का भी फायदा मिलता है। मैं तो सिर्फ इसलिये यह तथ्य सामने लाया हूँ जिससे हम विध्यार्थियो का मूल्यांकन करने वाले महान व्यक्तित्व गलती न करें और हमारा मूल्यांकन हमारे खुद के मूल्य के आधार पर हो। न कि हमारी पारिवारिक पृष्ठभूम्मि के आधार पर हो, लोग अक्सर पढ़ते हैं कि कुछ विध्यार्थी इतना बेहतर कर जाते हैं कि बाद में मीडिया उनकी तारीफ करते नहीं थकती, जब विहार से कोई साधारण सा विध्यार्थी सिविल सेवा उत्तीर्ण करता है, तब पहुच जाते हैं मीडिया वाले साक्षात्कार लेने के लिये, लाखों नेताओं की नजर भी न चाहकर भी वही आ ठहरती जहाँ कभी किसी की गरीबी देख कर भी नजरंदाज कर दी जाती थी। मंत्री से लेकर संत्री सब उस विलक्षण प्रतिभा को ईनाम देने की घोषणा करने लगते हैं। जब भूख थी - तब भिखारी समझकर आगे भेज दिया। अब जब सब कुछ खुद की कमाई से कमाना सीखा तब सहानुभूति दिखाकर लोगों की वाहवाही लूटने को सबसे आगे हो लिये। ये गंदी राजनीति का खेल मुझे न तो पसंद है और न ही इसमे कोई दिलचस्पी है, ये सभी तत्व समाज को गुमराह करते हैं और अराजकता को बढ़ावा देते हैं, मैं इन चीजों को आपके समक्ष इसलिये रख रहा हूँ ताकि भविश्य में जब आप शक्तिशाली पदों पर पहुँचें तो इसे रोकने का प्रयास करें।

हम बात करते हैं अच्छे दोस्तों की, अच्छे साथियों की, दोस्ती की हद क्या होती है एक जीवंत घटना के साथ आपको बताता हूँ- गेल में कोचिंग के दौरान मेरे एक करीबी दोस्त राहुल ने मुझे बताया कि यहाँ एक बंदा ऐसा भी है जो अपने दोस्त की अभियांत्रिकी (इंजीनियरिंग) की फीस भरने में उसकी मदद करता है जबकि वह खुद अपने माता-पिता पर आश्रित था। चूंकि वह बहुत प्रतिभावान छात्र था इसलिये

शायद उसे किसी एनजीओ से स्कॉलरशिप मिल जाती थी और वह अपनी स्कालर्शिप का अधिकतम भाग अपने दोस्त के खाते में भेज देता था जिससे उसका दोस्त अपनी फीस भर सके, मैं इसलिये नहीं बता रहा कि आप भी ऐसा करें हाँ लेकिन आपके बस में हो तो किसी जरूरमंद की सहायता जरूर करना, निश्चित ही आपको उसका परिणाम कहीं न कहीं जरूर मिलेगा। आपको उस जरूरमंद की दुआये मिलेंगी, और खुद्दार निकला तो उम्र भर आपकी कृतज्ञता को नहीं भूलेगा। दोस्तों आज वही छात्र जो अपने दोस्त की फीस भरा करता था, आईआईटी मुम्बई में है और अभियांत्रिकी (इंजीनियरिंग) की पढ़ाई कर रहा है। जब तक आप खुद नहीं हार मान लेते तब तक आपको कोई हरा ही नहीं सकता। हम गरीब हैं, हम खुद की पढ़ाई के लिये पर्याप्त संसाधन नहीं जुटा पा रहे हैं तो मायूस होने की कोई जरूरत नहीं और न ही आपकी मायूसी आपकी जरूरतों को पूरा कर देगी। अपनी गरीबी को स्वीकार करो और उसे ही अपना सबसे बड़ा हथियार बनाओ और कोशिश करो कि कम से कम में अधिक से अधिक मिल जाये। गरीबी ने संसाधन छीने हैं हमसे, हमारी काबिलियत नहीं और न ही उसकी इतनी औकात है कि हमारी काबीलियत के सामने बहुत देर तक टिक सके। हुनर के आगे गरीबी का पत्थर आया तो हर बार लेकिन बहुत समय तक टिक कभी नहीं पाया बस शर्त इतनी सी थी कि सामने खड़े मुसाफिर ने उसे अपने पैरों से सम्मान देते हुये अपने रस्ते से हटा दिया। उसका संघर्ष उसका जुनून गरीबी से कभी हारा नहीं, हमारे बीच हमारे देश के प्रधानमंत्री इस बात की सबसे बड़ी मिसाल हैं। स्टेशन पर चाय बेचने के सफर से लेकर भारत के प्रधानमंत्री बनने तक का सफर कठिनाइयों और परीक्षाओं से घिरा जरूर रहा

लेकिन उन्होंने कभी हार नहीं मानी, उनके हौसले उनके इरादे ही उनकी फतह की बुनियाद बने और अंत में वे सफल हुये। इसलिये दोस्तों अपने काम और अपने ध्यान दोनों में ही निरंतरता और समन्वय रखना बेहद जरूरी है, अपने काम से इश्क करिये, गरीबी गर्दिशो में खुद नजर आने लगेगी और आप एक कदम और अपने उद्देश्य की तरफ बढ़ जायेंगे। लोग कहते हैं अब पुनह एक बार फिर भारत अपनी पुरानी पहचान पाने लगा है, भारत सम्भल रहा है, शायद इसलिये क्योंकि हम सम्भल रहे हैं। गरीबी का बहाना देकर अगर आप दूसरो को यह बताना चाह रहे हैं कि आप बहुत कुछ जानते हैं और कर भी सकते हैं तो आप समझ लीजिये कि हक़ीक़त से दूर भाग रहे हैं। आप अगर यह कहते हैं कि मैं एक बहुत अच्छा अभियंता (इंजीनियर) या एक बहुत अच्छा डॉक्टर बन सकता था या बन सकती थी, लेकिन पैसे नहीं थे, तब आप यह जान लीजिये कि ऐसा कहकर आप खुद को ही झूठी सांत्वना दे रहे हैं जो आपके किसी काम नहीं आने वाली। ऐसा कहने से आपकी असफलता न तो छिप सकती है और न ही सफलता में तब्दील हो सकती है और न ही आपका नाम इतिहास के पन्नों में दर्ज होने वाला है कि नहीं आप महान थे(अब्राहम लिंकन की तरह) बस संसाधनों के अभाव में आगे नहीं बढ़ पाये। बस कुछ होगा तो इतना कि आप जिस मुकाम जिस सफलता के हकदार वास्तव में थे उसे खो देंगे और उसके चलते कई और लोगों का साथ भी आपको नहीं मिलेगा। आपके सबसे करीब रहने वाली आपकी अपनी(...........) भी आपको छोड़ के किसी और के गले का हार बनेगी। इसलिये कहीं भी रहिये मेहनत करिये और निंदा करना छोड़ दीजिये, शिकायत करना छोड़ दीजिये अगर जिंदगी में कुछ अच्छा करना चाहते हैं। गरीब होना

कोई अपराध नहीं है और न ही आपकी गरीबी आपको सफल होने से रोक सकती है। लेकिन इतना जरूर है कि अगर आप गरीबी का बहाना बनाकर हाथ पर हाथ रखकर बैठे रहेंगे तब आपकी मुश्किलें और मंज़िलें दोनों ही और लम्बी होती जायेंगी। आपको पता भी नहीं चलेगा और आप खुद ही खुद को धोखा देकर उम्र भर पछतावा करते रह जायेंगे। अभी हैं कई लोग जो हर तरह से आपका मार्गदर्शन करने में सक्षम हैं और सामर्थ्य भी रखते हैं लेकिन उससे पहले आपको कुछ ऐसा करके तो दिखाना होगा कि उन्हें लगे कि आपमें आगे बढ़ने की लगन है आप मेहनती हैं। कुछ ऐसा करो जो आपकी काबीलियत को सत्यापित करे। फिर देखना एक नहीं सैकड़ों हाथ आपकी मदद के लिये उठेंगे और गरीबी के दायरे खुद व खुद सिमट जायेंगे। आज का दौर वास्तविकता की ओर तेजी से बढ़ रहा है अब सिधांत से ज्यादा उसके प्रयोग और उपयोग को महत्व दिया जाने लगा है। पढ़ने से ज्यादा यह जानना जरूरी है कि आप सीख कितना पाये? अपने तरीके बदलते रहिये उनमे सुधार करते रहिये, क्या हुआ हम गरीब हैं, हमारे हौसले, हमारे इरादे तो बुलंद हैं और हम इसे मिटाने के लिये ही जन्में हैं। हम मेहनत करेंगे और आगे बढ़ते रहेंगे। हमेशा सकारात्मक रहने का प्रयास करना सीखिये, ये मन में ठान लीजिये कि मेरे माँ-बाप मुझसे यह उम्मीद लगाये बैठे हैं कि एक दिन उनका बेटा/बेटी बड़ा/बड़ी होकर वे दिन नहीं देखेगे जो उन्होंने देखे हैं। जवानी में नहीं तो कम से कम बुढ़ापे में दो वक्त की रोटी पंखे की हवा में खा सकेंगे। खुद के बच्चों के साथ नहीं तो कम से कम आपके बच्चों के साथ चैन से खेल सकेंगे, उन्हें प्यार कर सकेंगे। मुझे उम्मीद है कि आप कभी हार नहीं मानेंगे और गरीबी से तो बिल्कुल भी नहीं, इस प्रतियोगिता के दौर में

हार मानेंगे तो आप प्रतियोगिता से ही बाहर हो जायेंगे और हजारों लोग आपको ठोकर मारते हुये आगे निकल जायेंगे। इसलिये आगे बढ़ना है तो हर हाल में लड़ना होगा और जीतना भी होगा यहां लीग मैच बहुत कम हैं। अगर हारे तो सीधे बाहर जाने का रास्ता साफ दिखाई देगा और यह दुनियाँ आपकी इस हालत का फायदा उठाकर कहेगी कि

"दिल के अरमान आँसुओं में वह गये"

आपके हौसले को मजबूत करने के लिये शायद मेरी कुछ पंक्तियाँ आपके काम आ जाएँ.......

"गरीबी मिट नहीं सकती कभी झूठे तमाशो से,
ये हस्ती मिट नहीं सकती कभी इन जालसाजो से,
यक़ीन खुद पर करो इतना कि गम न हो गरीबी का
गरीबी रुक नहीं सकती हमारे आशियानो में,"

"तुम्हें एहसास हो इतना कि तुम कुछ कर दिखाओगे।
करो खुद से यही वादा सभी रिश्ते निभाओगे,
रखो उम्मीद पाने की, मुकम्मल उस जहां को तुम,
मुझे मालूम है इक दिन उसे तुम पा ही जाओगे।"

जिंदगी की इस दौड़ में अगर आपको जीतना है तो हमेशा याद रखना कि इस बात से फर्क नहीं पड़ता कि आप कितना तेज दौड़ते हैं। फर्क तो इस बात का पड़ता है कि आपका प्रतिद्वंदी कितना तेज दौड़ता है। उम्मीद करता हूँ कि मेरी बात समझ में आयी होगी, मेहनत भी सापेक्षता के सिधांत के अनुरूप ही काम करती है।

समय एवं प्रमुख निर्णय

प्रिय साथियों सफलता का आधे से ज्यादा रास्ता तब तय हो जाता है जब हमारे लिये गये निर्णय उचित और सटीक निकलने लग जाते हैं। हम किस हद तक सही सोंच पाते हैं यह बहुत महत्वपूर्ण और आवश्यक हो जाता है, जब हम कुछ बहुत बड़ा पाने के लिये निकल पड़ते हैं। ऐसी स्थिति में खुद का भरोसा और मेहनत ही हमारी सबसे बड़ी ताकत बन

जाते हैं। हम जो सोंचते हैं, हम जो करते हैं वह जरूरी नहीं कि हर दफा ठीक हो और उस स्थिति में तनाव और चिंता हमारे जहन में जन्म ले सकती है। तब हमें हमारी मेहनत और जीतने का भरोसा ही सम्भालने में सबसे असरदार साबित होता है। आप वास्तव में क्या कर सकते हैं तब तक नहीं जान पाते जब तक उस काम को करने की तैयारी नहीं करने लगते और जब आप तैयारी करने लगते हैं तब धीरे धीरे आपको यह मालूम होने लगता है कि आप उस काम को पूरा कर सकते हैं या नहीं या फिर कितनी मेहनत करने की आपको अभी और जरूरत है। वही समय होता है हमारे निर्णय का याद रखना कि अगर आपका दिल और दिमाग यह कहने लग जाये कि मैं यह काम नहीं कर पाऊँगा/पाऊँगी, तब आपको ऐसी स्थिति में उसी व्यवसाय से जुड़े अपने अनुभवी शिक्षकों की सहायता लेनी चाहिये। उनके मार्गदर्शन का अनुशरण करना चाहिये और अगर लगे कि वास्तव में आप उसे करने में सक्षम नहीं हैं तो उस काम को जबरदस्ती नहीं करना चाहिये वरना परिणाम दुखदायी हो सकते हैं और आमतौर पर होते भी हैं। इसलिये समय रहते अपनी क्षमता को जानना बेहद जरूरी हो जाता है और जो अक्सर हम नहीं कर पाते। लेकिन अब से और ऐसा नहीं होगा परिवर्तन होगा और इस परिवर्तन को हम और आप मिलकर करेंगे। मैं स्पष्टवादिता में विश्वाश रखता हूँ और पूरी कोशिश में रहता हूँ कि उस पर अमल भी कर सकूँ, आप ही में से कई लोगों की इस बात पर असहमति हो सकती है कि मैं इस कथन को 50 प्रतिशत भी सही नहीं मानता कि (नथिंग इज इम्पासिबल) "जिंदगी में कोई भी काम असंभव नहीं है"

आप जो हैं, उसे समझने और स्वीकारने का प्रयास कीजिये और जो कर सकते हैं उसे ही सच्चे दिल से अच्छे से

करने का प्रयास कीजिये हम और आप दुनियाँ की हर ऊँचाई को चूमने की बात कर सकते हैं। सिर्फ हौसला बढ़ाने के लिये यह बात समझ में भी आती है और अच्छी भी लगती है लेकिन हक़ीक़त यह है कि उतना कर नहीं सकते। क्योंकि निम्न श्रेणी की ऊर्जा को उच्च श्रेणी की ऊर्जा में शत् -प्रतिशत नहीं बदला जा सकता यह उष्मा-गतिकी (थर्मोडाइनामिक्स) का सिद्वांत है जो हमारी असल जिंदगी में भी लागू होता है। हक़ीक़त हमेशा कड़वी रही है लेकिन मीठे जहर से बेहतर है, जिससे कि हम वास्त्विकता में जीना सीखें वरना जिंदगी भी कल्पनाओं में ऐसे वह जायेगी जैसे बाढ़ में घर बह जाते हैं। दूसरे शब्दों में विश्वाश करने से पहले धोखा खाना या मिलना मुश्किल या अजीब क्रमश नहीं है। लेकिन विश्वाश करने के बाद धोखा मिलना एक अच्छे इंसान में नकारात्मकता ला सकता है। उसे उम्र भर के लिये मायूस कर सकता है, जिसके हौसले कभी जिसकी फतह की बुनियाद हुआ करते थे, उसमें कमजोरी का बीज बो सकता है। इसलिये अपने निर्णयों में सिर्फ और सिर्फ खुद को शरीक़ करो दूसरो की सलाह मशवरे से ज्यादा किसी अन्य चीज का हस्तक्षेप आपके भविश्य को खतरे में डाल सकता है। आज आपको गुमराह करने वाले सैकड़ों-हजारों मिल जायेंगे लेकिन सही सलाह और उचित मार्ग्दर्शन देने वाले बहुत कम मिलेंगे। इतना ही नहीं बल्कि अगर आप इस बात की खोज में निकलेंगे तब भी मुश्किल में पड़ जायेंगे कि किस पर विश्वाश करूँ और किसे गलत मान लूँ। आज झूठ, फरेब, ईर्श्या, घृणा यह सारी चीजें ऐसे बढ़ रहे हैं जैसे कि विश्व-ऊश्णन(ग्लोबल वार्मिंग)। हो सकता है इसका हल तमाम देशों के प्रतिनिधि पेरिस में बैठकर ढूँढ़ निकालें परंतु लेकिन इन झूथ मंत्री, फरेब मंत्री, ईर्ष्या मंत्री जैसे तानाशाहों से मुक्ति कौनसा सा सयुक्त राज्य परिषद

हमें दिलायेगा? याद रखिये आप अकेले ऐसे अराजक तत्वो का सामना नहीं कर पायेंगे। चलिये विश्व की इस दशा का वर्णन अपनी अगली पुस्तक में बहुत ही अच्छे और रुचिकर ढंग से प्रस्तुत करूँगा, अभी सिर्फ आपके लिये यह जानना जरूरी है कि आपके हित में क्या है क्योंकि इमारत मजबूत नहीं होगी तो दूसरो की सुरक्षा की जिम्मेदारी का आश्वाशन वह कैसे दे सकती है? आप किसी भी प्रवाह में क्यों न हों मंजिल पाना इतना आसान नहीं है। लेकिन नेक इरादे और जोरदार मेहनत के आगे मुश्किल को आसान हो जाना ही पड़ता है। कोई भी क्षेत्र (स्ट्रीम) हो सभी में अवसर समान हैं और जो ऐसा कहते हैं कि ऐसा नहीं है, वे गलत कहते हैं और गुमराह करते हैं। अगर ऐसा होता तो प्रकृति में भी संतुलन नहीं होता जैसे प्रकृति के हर एक अंग की महत्ता है वैसे ही शिक्षा के हर क्षेत्र का भी अपना अलग महत्व है और यह सभी एक दूसरे के पूरक हैं एक के बिना दूसरे के अस्तित्व की परिकल्पना करना मिथ्या है। विज्ञान, कला, वाणिज्य (कामर्स) इत्यादि सभी विषयों में बेहतर से बेहतर किया जा सकता है, बस जरुरत है कि आपमें रुचि हो और मेहनत करने का जज्बा हो, परिवार मित्र सभी के सुझावों का हमें स्वागत करना चाहिये और अच्छे लोगों से परामर्श लेना चाहिये और अंत में जो उचित लगे उस काम को करना चाहिये। यह कोई नई बात मैं नहीं कह रहा हूँ और न ही मेरी इतनी औकात है, लेकिन अक्सर हम उन्हीं बातों को नजरंदाज कर दिया करते हैं जो हमारे जीवन से जुड़े अहम फैसले लेने में अत्यंत महत्वपूर्ण भूमिका निभाती है और इसीलिये इन बातो को जानते रहना बेहद जरूरी है। हम सभी जो थोड़ा घर परिवार से बेहतर ढंग से जुड़े होते हैं, उनकी सभी की एक सामान्य सोंच होती है कि मैं अपने माँ-बाप

की उम्मीदों पर खरा उतरूंगा/उतरूंगी, बहुत अच्छी सोंच है हमारी लेकिन इसी के साथ हमें यह जानना भी बेहद जरूरी है कि एक अरब से ज्यादा आबादी वाले देश में हर नौ जवान का यही सपना होता है। इस सपने और हक़ीक़त में बिल्कुल वही फर्क दिखाई देने लगता है, जो चांद को देखकर उसे छूने की कोशिश करने या सोंचने मे होता है। सबसे पहले खुद की उम्मीदों को खुद के आत्मविश्वास से जोड़ना सीखना बहुत जरूरी है। अपने निर्णयों में परिपक्वता और शुद्धता लाने का प्रयास करना भी आवश्यक है। अगर गलत परिणाम भी इस बीच मिलते हैं तो उनकी वजह से न तो हताश होने की जरूरत है और न ही ये कोई अजीब बात है। जब तक हम गिरेंगे नहीं तब तक हमें ये नहीं पता चलेगा कि संभलना किसे कहते हैं और संभला कैसे जाता है? खुद की क्षमताओ का आकलन खुद से बेहतर और कोई कर ही नहीं सकता बस तरीका हमें ढूँढ़ना पड़ेगा जो इस काम को सरल और सक्षम बना सके। खुद को कमजोर कभी मत समझो,मुझे पता है कि कितनी खुशी मिलती है उस विध्यार्थी के लिये जब उसका अपने कालेज में पहला दिन होता है। जब वह अपने आसपास कुछ अजीब सी चीजों को होते हुये देखता है, जिसके वह अक्सर ख्वाव देखा करता था। प्रत्येक विध्यार्थी एक बेहतर यूनीफार्म और साथ ही एक अच्छे हेयर स्टाइल में नजर आता है, लेकिन "कुछ" के अंदर सनक सी सवार हो जाती है और वे मोह माया से दूर बस किसी अलग ही दुनियाँ में जीने लग जाते हैं। उनमें से कुछ बहुत अच्छा कर जाते हैं और कुछ ऐसा भी कर जाते हैं, जिससे पूरे कालेज में उनके चर्चे होने लगते हैं(नकारात्मक रूप में), फिलहाल ज्यादातर उसी बात का प्रमाण देते हैं जिसे मैंने सर्वप्रथम कहा और उन्हीं के बीच एक ऐसा विध्यार्थी पहुंच जाता है जो कभी भी

ऐसे माहौल में रहा नहीं हो कहीं न कहीं उसका आत्मविश्वास कम होता ही है। (शुरुआत में), लेकिन जो सीखने के लिये जाता है वह हमेशा खुद को दूसरो के साथ अच्छी स्थिति में ले ही आता है। असल में इन तमाम बातों का सार यह है कि आपको हर तरह से मजबूत और जागरुक होना पड़ेगा, आज का दौर यही मांग करता है। आज वही सफल है जो इस माँग को स्वीकार करता है और उसके अनुरूप खुद को तैयार करके, आगे बढ़ने के प्रयास में प्रयासरत रहता है। शायद ऐसे लोगों को ही अच्छे लोगों की तारीफ और तालीम दोनों ही हासिल हुआ करते हैं। याद रहे हमें हर हाल में आगे बढ़ना है क्योंकि हमसे उम्मीद जुड़ी है उन लोगों की जो चाहते हैं कि हम आगे बढ़ते रहें और उस गरीबी को जड़ से खत्म कर दे जिसने उन्हें बहुत सताया है। जिसने उन्हें बहुत रुलाया है, खुद की तकदीर बनाने वाले आप खुद हैं और नहीं भी हैं तो आपको हर हाल में होना पड़ेगा। हर समय इस सोंच कें साथ आगे बढ़ना होगा कि मुझे आगे बढ़ना ही होगा जो एक बार पीछे छूट जाता है, उसका फिर से लय में आना बहुत मुश्किल हो जाता है। क्योंकि नियति और प्रकृति दोनो ने मिलकर यही निर्धारित किया है कि निरंतरता और संयम दोनों ही जिंदगी को और अच्छे से आगे बढ़ाने के लिये जरूरी हैं, हमेशा कोशिश करो कि अपनी क्षमताओं से भी ज्यादा आप कर जाओ और यह तभी होगा जब आपकी निरंतर मेहनत बरकरार रहे। समझौता अपने ग़मों से करना लेकिन अपनी तैयारी से कभी नहीं। जितना तय करो उसे समय रहते पूरा करो, जो निर्णय लो उस पर भरोसा करो और काम करो और दिल और दिमाग से करो अनायास समय की बर्बादी अपने आप ही खत्म होने लगेगी और आपके सभी काम समय से पूरे होने लगेंगे। आपका आत्मविश्वास बढ़ेगा आपमें

सकारात्मक ऊर्जा का संचय होने लगेगा, आपकी प्रगति का पथ प्रशस्त होने लगेगा और तब आपकी जीत भी निश्चित होगी बहुत सारे लोग मानते हैं और दूसरो से कहते भी हैं कि " काबीलियत कभी किस्मत की बराबरी नहीं कर सकती "। उदाहरण के लिये- बीरबल कितना ही काबिल क्यों न रहा हो लेकिन महान अकबर की जगह कभी नहीं ले पाया। लेकिन वे सभी शायद यह भूल रहे हैं कि वह इमारत मजबूत हो ही नहीं सकती जिसकी बुनियाद मजबूत न हो। हल्के तूफानो में भी उसके गिरने का खतरा बना ही रहता है और यही कारण था जिसकी वजह से अकबर ने इतने दिनों तक शासन किया। वह अकेला कभी रहा ही नहीं, उसने अपने राज दरबार में उसने चुनिंदा लोगों को चुना और उन्हें अलग अलग विभाग सौंपे और उनकी सलाह से शासन व्यवस्था को सुचारू रूप से चलाया। अकबर महान हक़ीक़त में था, वह मेहनती था उसे घमण्ड नहीं था कि वह इतनी बड़ी सल्तनत का बादशाह है और शायद इसीलिये अधिकांश लोग उसका सम्मान करते थे और उसके आदेशों का पालन करते थे। उसके सभी काम एक अच्छी रणनीति से पूरे होते थे। वह काबिल और कुशल योधा था वरना महज तेरह साल की उम्र में कोई राजनीतिक कारणों से बादशाह तो बन सकता है लेकिन बना नहीं रह सकता। हालाँकि इस कहानी को बताने का मेरा कोई खास मकसद नहीं था लेकिन यह इसलिये जरूरी समझा जा सकता है क्योंकि तथ्यपरक बात हर इंसान को समझ भी आती है और अच्छी भी लगती है। इसलिये मेरे साथियों जरूरी यह नहीं है कि आप कितने काबिल हैं लेकिन जरूरी यह होता है कि आप अपनी काबीलियत का उपयोग किस ढंग से करते हैं हम बहुत कुछ कर सकते हैं जो हम करने से डरते रहते हैं। यही डर हमें अपने अंदर से निकालना होगा और ऐसा तभी

होगा जब हम बिना कुछ ज्यादा सोंचे-समझे उस काम को करने को अग्रसर होंगे क्योंकि जब तक हम कुछ गलत नहीं करेंगे तब तक कुछ नया और अच्छा कर भी नहीं सकते। इसलिये खुलकर निर्णय लीजिये और आगे बढ़िये अगर जीत का स्वाद चखना है तो पहले हार का जायका लेना भी स्वाभाविक है।

समय और उद्देश्य का सम्बंध ठीक वही रहा है जो एक पिता और पुत्र के बीच में है, जो मृत्यु और खुद की आकांक्षाओं को पूरी करने की आकांक्षा में है। आइंस्टीन ने सापेक्षता का सिद्धांत देकर दुनियाँ को एक कदम आगे बढ़ाया, बेहद सराहनीय और अद्भुत काम किया उन्होंने यह बात हम सभी जानते हैं, लेकिन इस बात का यहाँ से क्या सम्बंध है? यही सोंच रहे होंगे लेकिन कुछ चीजें अर्थहीन भी जरूरी होती हैं, (हालांकि उपर्युक्त बात अर्थहीन नहीं है) वरना हम जरूरत से ज्यादा खुद को उन कामों में खुद को व्यस्त कर लेंगे जो एक हद के बाद जिंदगी को रुचिकर नहीं रहने देंगे और नीरस बना देंगे। मेरे विचार से हमें हमारी जिंदगी एक ही बार मिली है और अगर हम इसे बेहतर ढंग से जीने का प्रयास नहीं करते हैं तो उसके कानून की नजरों में हम एक अपराधी से कम नहीं हैं। मैं चाहता हूँ हम अपने काम के साथ-साथ मस्ती भी करते रहें जिससे हम खुश रह सकें और दूसरो को भी "खुशी" दे सकें, खैर आपकी जिंदगी है आपको हक़ है कि आप इसे अपने ढंग से जियें। मुझे जो ठीक लगा उसे मैंने आपको बताना उचित समझा। पुनह एक बार हम एक ऐसे मुद्दे पर बात करने जा रहे हैं जिस पर कई लोग अकसर बात किया करते हैं और वह विषय है "समय की महत्ता"। बचपन से मैं भी और आप सब भी अपने बड़ों से, अपने शिक्षकों से सुनते आये होंगे कि समय बहुत अमूल्य

वस्तु है, इसलिये हमें इसे बचाना सीखना चाहिये अंग्रेजी भाषा में और भी सुंदर ढंग से कहा जाता है कि “टाइम इज़ मनी,सो सेव द टाइम” न जाने कितनी बार हमारे कानों में यह बात एक तरफ से पहुंची होगी और दूसरी तरफ से निकल गई होगी, हमारा जड़त्व(इनर्शिया) इतना प्रबल है कि हम इस बात को हमेशा अनदेखा कर देते हैं, ध्यान नहीं देते हैं और चलते रहते हैं अपनी अलग ही धुन में, मानता हूँ बचपन में समझदारी कम और साझेदारी ज्यादा होती है। इसलिये प्रवचनों से अपन को ज्यादा मतलब नहीं रहता बस जब सब ताली बजाते हैं तो अपन भी बजाने लगते हैं और इंतजार करते हैं कि कार्यक्रम कब खत्म हो और कब फल(प्रसाद) मिल जाये। हालाँकि अभी भी यही सिलसिला चल रहा है खासकर अभियांत्रिकी में लेकिन बस तौर तरीके बदल गये हैं, एक तथ्यात्मक अध्ययन से यह पता चलता है कि हम चाहते हैं कि कोई हमें विस्तार से समझाये कि पैदा होने के 7 साल बाद से और आज के हाईटेक माँ-बाप को देखते हुये 3 साल बाद से कहना ज्यादा उचित होगा, 20-21 साल तक क्यों एक ही बात पर इतना ज्यादा जोर दिया जाता है कि समय की कीमत है, उसे समझो, उसे बर्बाद मत करो लेकिन 18 साल की उम्र में भी लगभग आधे से अधिक युवा उसे समझ ही नहीं पाते और समझ भी जाते हैं तो सिर्फ समझ ही पाते हैं और उससे ज्यादा कुछ नहीं। जब हम 18 साल की उम्र में किसी बात को नहीं समझ पाये तो मैं ये कैसे मान लूँ कि मैं अपने चार-से-पाँच पृष्ठों में आपको समझा पाऊँगा या आप समझ पायेंगे लेकिन क्योंकि प्रयास कभी भी खाली नहीं जाते। भले सफलता न मिले लेकिन बहुत कुछ सीखने को मिलता है, इसलिये एक कोशिश तो मेरी बनती है आपको एहसास दिलाने की, कि समय के बारे में जो भी

हमने सुना है वह उससे भी ज्यादा सच है, वह उससे भी ज्यादा प्रामाणिक है। चूंकि प्रामाणिकता हमें अच्छी भी लगती है एवं बहुत जल्दी समझ में भी आती है और इसकी जरूरत भी है क्योंकि हमें आगे जाना है समय रहते अपने सारे वादे निभाने हैं जो हमने अपने माता-पिता से किये हैं -

1. आईएऐस (IAS) में परीक्षा देने की पात्रता की अधिकतम समय सीमा एक सामान्य व्यक्ति के लिये 32 वर्ष निर्धारित की गयी है और वहीं दूसरी तरफ ऐससीआरए(SCRA) की परीक्षा वही सामान्य विध्यार्थी दे सकता है जिसकी आयु 18 वर्ष से 21 वर्ष के बीच में रही हो, आप निसंदेह कितने ही काबिल और होनहार क्यों ना हों समय के हिसाब से आपकी पात्रता नहीं है तब सारी चीजें व्यर्थ हैं और कुछ समय बाद अर्थहीन हो जाती हैं। अगर समय के साथ आप नहीं चल पाये तब आप समझ लीजिये कि आप बहुत कुछ पाते पाते खो देंगे या अगर मैं यह कहूँ कि समय के आगे हर चीज को समझौता करना ही पड़ता है तो वह गलत नहीं होगा। आप कितने भी अमीर क्यों न हों समय को कभी खरीद नहीं सकते और शायद इसी वजह से हमारे बुजुर्ग हमारे शिक्षक सभी कहते हैं कि समय ही दुनिया में सबसे बड़ा खजाना है इसे कभी प्राप्त नहीं किया जा सकता लेकिन उसके साथ साथ चलकर जिंदगी में बहुत कुछ हासिल किया जा सकता है।

2. चलिये कुछ काल्पनिक लेकिन सच्ची बात की बात की जाये, मान लीजिये आपने लिखित परीक्षा उत्तीर्ण कर ली है और अब आपको साक्षात्कार के लिये

बुलाया गया है और अगर निर्धारित समय और दिनांक पर आप वहां नहीं पहुँचे तो आप प्रतियोगिता से न सिर्फ बाहर हो जायेंगे बल्कि आपकी सारी मेहनत आपके सारे प्रयास भी बेकार चले जायेंगे। ऐसा अक्सर हो जाया करता है, यह कोई काल्पनिक बात नहीं है काल्पनिकता तो "आप"" शब्द के उपयोग की वजह से मुझे समाहित करनी पड़ी, इसलिये यह तथ्य यह निष्कर्ष निकालता है कि परीक्षा उत्तीर्ण करना कठिन है और इसके लिये अथक प्रयासों की आवश्यकता पड़ती है लेकिन उसके बाद उस परीक्षा के शेष आयामो को पूरा करना एक बड़ी चुनौती है, और जिसे अक्सर हम नजरंदाज कर दिया करते हैं, इससे जुड़ी जीवंत घटित घटना को मैं आगे आपके समक्ष जरूर प्रस्तुत करूंगा।

3. कहते हैं जिस पर गुजरती है, वही उन दशाओं के दर्द एवम् उनसे पैदा हुई भयावह स्थितियों को अच्छे से समझ पाता है। शायद जिसे दूसरे शब्दों में हम अक्सर बहुत आसानी से "अनुभव" का नाम दे देते हैं और समझते हैं कि हमारा कर्तव्य पूरा हो गया, राष्ट्रीय प्रौध्योगिकी संस्थान सिलचर (असम) जहां मैं अध्ययनरत हूँ (2014 से), 28 जुलाई 2014 को 1:20 अपराह्न पर मुझे यह पता चला कि मुझे वहाँ वैधुत अभियांत्रिकी विषय मिला है, मुझे लगा कि अभी समय है आराम से पहुंच जाऊँगा और 28 जुलाई को मैं घर पर ही रहा, समय बर्बाद करने के अलावा और कुछ भी नहीं कर सका। 29 जुलाई को मैं गांव से शहर पहुंचा और वहाँ जाकर मुझे पता चला कि ट्रेन से मुझे 2 दिन लग जायेंगे और

इस तरह मैं 31 जुलाई की रात को पहुंचूंगा जबकि पहुंचना था 31 जुलाई की शाम को 5 बजे तक, अब मेरी परेशानियाँ और खामोशिया दोनों ही तेजी के साथ बढ़ती जा रही थी। मेरे सभी प्रपत्र (डोक्यूमेंट) तैयार थे। लेकिन कमी थी तो सिर्फ समय की जो मैं महसूस कर भी रहा था। फिर भी अपनी मूर्खता के चलते मैंने 29 जुलाई को भी इधर उधर बात करके ऐसे ही मुफ्त में गुजार दिया। उसके बाद 30 जुलाई की सुबह ऐमऐनआईटी जयपुर (जो कि जेईई मेंस 15-2014 के सभी कार्यों को संचालित कर रहा था) बात की और उन्हें अपनी पूरी भौगोलिक स्थिति का परिचय दिया एवम् उनसे विनती की कि मुझे थोड़ी और मोहलत दे दे, जिससे मैं अपने कालेज पहुँच सकूँ और अपना दाखिला करवा सकूँ। लेकिन उन्होंने मेरी एक भी बात ढंग से न तो सुनी और न ही समझने की कोशिश की और अंत में कह दिया कि हम कुछ नहीं कर सकते और अगर आप समय से अपने आबंटित कालेज नहीं पहुंचे तो आपकी सीट निरस्त कर दी जायेगी। अब मेरे आंसू निकल रहे थे हां और मैं बहुत रोया भी, लेकिन अकेले में मेरे बड़े भइया विनीत मेरे साथ थे, और बेचारे मेरी वजह से बेहद परेशान थे। समय गुजरता जा रहा था, पापा मम्मी सभी बार-बार मोबाईल से बात करके एक ही प्रश्न पूछ रहे थे कि क्या करोगे और कैसे जाओगे? उसी समय मैंने अपने एक शिक्षक (राजीव कुमार सिंह) के पास फोन किया और अपनी सारी स्थिति को उन्हें बताया उन्होंने जवाहर नवोदय विध्यालय में मुझे पढ़ाया था। वह मुझे एक अच्छे शिस्य की तरह

जानते थे और शायद मानते भी थे, उन्होंने उस वक्त मुझे समझाया और सांत्वना भी दी और मुझसे कहा कि इतना मायूस मत हो बेटा तुम अपने कालेज जरूर पहुंच जाओगे। उन्होने ही मुझे सबसे पहले फ्लाइट से जाने का सुझाव दिया, तब उसी वक्त मैंने मामी को यह बात बताई और उन्होँने मेरी इस समस्या को अपने भईया को बताया, उन्होंने अपने कार्यालय (आफिस) जाकर इंटरनेट पर तुरंत ही सिलचर जाने वाली सभी फ्लाइट के बारे में देखा और बाद में मामी को फोन किया। यहाँ इस तरफ मैं मायूस बैठा था कुछ समझ में ही नहीं आ रहा था कि क्या किया जाये? बस एक डर जरूर दिल में समय के साथ साथ गहराता जा रहा था और वह डर था कि अब शायद मैं सिलचर निर्धारित समय पर नहीं पहुंच पाऊंगा, उधर मामी ने बताया कि वहाँ अगर मैं फ्लाइट से जाऊंगा तब भी 1 अगस्त को पहुंच पाऊंगा जबकि मुझे हर हाल में वहाँ 31 जुलाई को शाम पाँच बजे तक अपनी उपस्थिति दर्ज करानी थी। उस वक्त मेरी उम्मीद ने मेरा साथ छोड़ दिया था, मेरे हौसले ने मुझे जबाब दे दिया था। उस दिन ये एहसास हो गया था कि सारे रिश्ते सारे नाते सारे अपने कितने जरूरी और कितने भरोसेमंद होते हैं। जैसा कि मैंने बताया कि मैं तो अपनी उम्मीद खो ही चुका था लेकिन अभी भी था कोई जो हार नहीं माना था, जो अभी भी उम्मीद को न तो छोड़ने और न ही तोड़ने के लिये तैयार था और वे दो लोग थे मेरी मामी और मेरे बड़े भईया (विनीत), मामी ने मुझसे कहा कि -

नितिन लखनऊ से कोलकाता की फ्लाइट देख लो और वहाँ से सिल्चर के लिये देख लेना शायद समय पर पहुँच जाओ, लेकिन मेरी हार रही आँखों ने और टूटते हुये दिल ने उसे अनदेखा कर कर दिया। बस ऐसा लग रहा था कि अब जिंदगी का यही दुखद अंत है, जो सुखद होते होते रह गया, कक्षा 6 से लेकर कक्षा 12 तक हमेशा जवाहर नवोदय विध्यालय शाहजहांपुर में प्रथम स्थान प्राप्त करता रहा, जो इज्जतत और जो उम्मीदें वहाँ के शिक्षकों को मुझसे थीं, अब लग रहा था कि वे हकीकत की दहलीज़ से होकर वापस लौट जायेंगी। मेरे साथ में पढ़े हुये साथी, मेरे करीबी दोस्त सभी के साथ मेरी सापेक्षता अब प्रबल होने लगी थी क्योंकि अब हारने का डर सताने लगा था जो पहले कभी नहीं हुआ था। अब समय बीत रहा था और मैं कुछ भी नहीं कर पा रहा था, बस बैठकर अपनी क़िस्मत को कोस रहा था। मेरे चेहरे की मायूसी देखकर एक बार फिर मामी ने मुझसे कहा कि बेटा एक बार देख लो शायद पहुँच जाओ, यह सुनकर मुझे कोई खास असर नहीं पड़ा लेकिन और मेरे पास कोई रास्ता भी नहीं था, और तभी मैंने अपनी हारती हुई आँखों को इशारे से समझाया कि बहना मत वरना धुंधलेपन में कुछ भी नहीं दिखाई देगा और मुफ्त में दुनियाँ कम़जोर समझने लगेगी। मैं जैसे तैसे खुद को संभाल पाया और जाकर एक एजेन्ट से मिला, उसने इंटरनेट पर देखकर बताया कि अभी एक फ्लाइट है जो मुझे सिलचर समय से पहुंचा सकती है। मैं खुश था और भैया भी, लेकिन पता चला कि मुझे टिकट तो मिल सकता है लेकिन पच्चीस हजार रुपये देने होंगे, मैंने जब यह सुना तो मान लिया कि अब नहीं जा पाउंगा और उस एजेन्ट को मना कर दिया। लेकिन भैया ने उससे कहा आप टिकट बुक कीजिए जितने पैसे होंगे मैं दे दूंगा, वे मुझे

उदास और ऐसे हारता हुआ नहीं देख सकते थे और अंत में इस तरह मुझे फ्लाइट का टिकट मिला और समय रहते मैं अपने कालेज के परिसर पहुंच गया।

इससे ज्यादा जीवंत और सरल उदाहरण और क्या हो सकता है? जिससे यह समझ में आ जाये कि समय कितना ज्यादा जरूरी है। प्रिय साथियों हम जिस दौर में हैं उस दौर की सबसे बड़ी मांग समय ही है। कबीर दास जी ने भी बहुत पहले ही कह दिया था कि -

"काल्ह करै सो आज कर, आज करै सो अब
पल में परलय होय गी, बहुरि करै गो कब"

अर्थात जो कल करना है उसे आज ही कर लो और जिसे आज करना है उसे अभी ही पूर्ण कर लो, क्योंकि कि समय का कोई भरोसा नहीं है। पता नहीं पल भर में क्या हो जाये, जिंदगी का कोई भरोसा नहीं है। कहीं न कहीं इस कथन में भी समय की मांग और उसकी महत्ता की बात अप्रत्यक्ष रूप से की गई है, समय का सद्पयोग हमें सोंचने और समझने के लिये पर्याप्त मौका देता है। सोंचे-समझे किये गये काम में पछतावे की प्रायिक्ता लगभग शून्य के बराबर होती है, मुझे पता है कई लोग कबीरदास जी के दोहे से सहमत नहीं होंगे जो मैंने ऊपर की पंक्तियों में लिखा है, उनके हिसाब से हमें कल वाला काम आज नहीं करना चाहिये क्योंकि यह भी तो हो सकता है कि कल उस काम को करने की जरूरत ही न पड़े और ऐसा होता भी है। लेकिन इसका यह मतलब बिल्कुल नहीं है कि यह हमेशा सच हो और इसी का समर्थन करते हुये विलियम शेक्सपियर ने कहा है कि

"अगर आज आप समय को बर्बाद करेंगे तो कल समय आपको बर्बाद कर देगा,"

परिश्रम एवं सामर्थ्य

मैंने अकसर लोगो को यह कहते सुना है कि कड़ी मेहनत और लगन से हर चीज हासिल की जा सकती है। मेरी सकारात्मकता इस बात के पक्ष में है लेकिन मेरी व्यावहारिकता इसके विरुध हमेशा से रही है, जब से मुझे थोड़ी बहुत चीजो की समझ हुई है। हम इस जीवन में जो भी करना चाहते हैं,

जिसमें रुचि रखते हैं, तब ऐसा मान लिया जाता है कि हमारी /आपकी मेहनत उस काम में सफलता अवश्य दिलायेगी, लेकिन एक शर्त, एक सच की कसौटी इस बीच छूट जाती है। जिसके वजूद पर उपर्युक्त शर्त जिंदा है, और वह कसौटी है आपकी सहनशक्ति की। आप किस हद तक अपनी हार स्वीकार कर सकते हैं और उससे सीखकर एक बार फिर से जीत की तैयारी में खुद को व्यस्त बनाकर खुद को जीत के दरवाजे पर पहुंचाने का प्रयास कर सकते हैं, क्योंकि हमारी असल जिंदगी में हमें हार मिलने पर हम बहुत जल्दी हार जाते हैं, टूट जाते हैं। कभी कभी हमें बहुत ही कठिन और लगातार किये गये प्रयासों के बाद भी वह सबकुछ नहीं मिल पाता जिसके वास्तव में हम हकदार होते हैं। इस स्थिति में ज्यादातर विध्यार्थी टूट जाते हैं और डिप्रेशन का शिकार हो जाते हैं। फिर वे धीरे धीरे स्वयं को पतन के रास्ते की ओर ले जाने लगते हैं जबकि अगर उनमे थोड़ा धैर्य और होता तो शायद उन्हें वह सब मिलता जिसके वे हकदार थे, जो सम्भलकर आगे बढ़ने के प्रयास में प्रयासरत रहते हैं वे ही इक दिन इतिहास बदल जाते हैं, और अपना जीवन सफल बनाने में कामयाब हो जाते हैं। इसलिये हमारे अंदर सहनशक्ति का होना बेहद जरूरी है और सफलता की ये प्रथम मांग भी है, उपर्युक्त बातों का अगर निष्कर्ष निकालूँ, तो यही निकलता है कि अगर आप अथाह परिश्रम कर सकते हैं, तब आप अपने हर हालात से लड़ सकते हैं बस जरूरत है तो आशावान और धैर्यवान होने की, इसी क्रम में दूसरा सबसे बड़ा तथ्य यह भी है कि आपके साथ है कौन? कौन है जो हमेशा आपको सांत्वना देता रहता है, कौन है जो हमेशा आपके सुख-दुख में आपके साथ रहने की बात करता है, कौन है जो आपकी हर असफलता के बाद आपके पास आकर कहता है

कि "कोई बात नहीं, तुम्हारे प्रयास सराहनीय थे, तुम अगली बार अवश्य जीतोगे"। कम से कम एक व्यक्ति ऐसा जरूर होना चाहिये जो हमारे हर दुख में शरीक़ हुआ हो, और सिर्फ शरीक़ ही नहीं हुआ हो बल्कि जब जब हमसे मिला हो तब तब हमें ये एहसास दिलाया हो कि हम इस जिंदगी की कश्मकश में अकेले नहीं हैं। हम वैज्ञानिक तथ्यों के आधार पर देखें तब भी एक बात है जो हर तरह से सच होती नजर आती है और वह बात यह है कि - जब हम किसी का सानिध्य प्राप्त कर लेते हैं, तब हमारा मनोबल बढ़ जाता है और हममें सकारात्मकता का संचार होता है चूंकि मेरा व्यवसाय (प्रोफेशन) अभियांत्रिकी से जुड़ा है इसलिये अगर कुछ अविचारणीय लगे तो उसे छोड़ देना ही उचित होगा क्योंकि कुछ आदतें कभी नहीं जाती और खासकर एक अभियंता (इंजीनियर) की। कभी कभी हम बहुत प्रयास करते हैं लेकिन फिर भी मनचाही उप्लब्धि हमें नहीं मिल पाती है और यह कार्यक्रम तो हर किसी की ज़िन्दगी में विधिवत रूप से चलता रहता है। इसमे आप अकेले नहीं हैं लेकिन फिर भी समझ में यह नहीं आता कि आखिर क्यों कुछ हताश होकर अपना जीवन बर्बाद कर लेते हैं और कुछ आबाद हो जाते हैं जबकि स्थितियाँ सभी की एक जैसी ही थी बस फर्क था तो एक दो अक्षर से बने शब्द के परिमाण का जोकि "धैर्य" है, कुछ मान लेते हैं कि "हमसे न हो पायेगा" और कुछ अराजक तत्व हमें यह विश्वास दिला देते हैं कि वास्तव में "तुमसे ना हो पायेगा" मेरा मानना है कि हमारा सामर्थ्य और हमारे ज्ञान का कोई सम्बंध नही है या दूसरे और सरल शब्दों में कहूँ तो यह कि "Efficiency does not directly proportional to our knowledge" और शायद यही कारण बन जाता है जिसकी वजह से हमारा शैक्षिक, आर्थिक प्रदर्शन

प्रभावित हो जाता है। जिसके परिणामस्वरूप कक्षा 12 के बाद भिन्नताये बहुत तेजी से बढ़ने लगती हैं। मैं आपको यह नहीं बता रहा कि आप अध्ययन कैसे करें? या मेहनत कितनी करें? क्योंकि ये सभी चीजे समय के साथ-साथ और प्रतियोगिता के परिवर्तित दौर में अक्सर परिवर्तित होती रहती हैं। सच बात तो यह है कि हमें कोई कुछ जबरदस्ती नहीं सिखा सकता है, जब तक कि हम खुद सीखने के लिये इच्छुक न हों, क्योंकि अब हम उतने छोटे रहे नहीं जितने बचपन में हुआ करते थे, यह जागरुकता जब तक खुद में नहीं आती तब तक हर चीज जो हमारे उद्देश्य से जुड़ी है हमारे लिये एक पहाड़ बनी रहेगी और यहाँ दशरथ मांझी वाला पागलपन भी काम नहीं आने वाला क्योंकि इसके मायने अलग हैं । इसलिये यह जरूरी नहीं कि किसी उद्देश्य को पाने के लिये बहुत ज्यादा या फिर बहुत कम मेहनत करने की आवश्यकता होती है। यह हमारे आईक्यू (IQ) और हमारी योजनाओं पर निर्भर करता है। उदाहरण के लिये कहूँ तो लगातार समय देखकर पढ़ना भी बेकार हो जाता है, जब मन में कुछ और चल रहा हो, और बस आँखों के सामने किताब खुली हो, हाँ एक फायदा यह जरूर है कि माँ देखेगी तो समझेगी कि लड़का/लड़की कितनी देर से और कितने ध्यान से पढ़ रहा/रही है, और इस गलतफहमी में आपको कुछ अच्छा खाने को दे जायेगी। अगर आप कहीं किराये के मकान मे रह रहे हैं तब बेचारे मकान मलिक आपको देखकर चिंतित (फ्रस्टेट) होते रहेंगे, और अपने बच्चों को आपकी नसीहत देकर डाटते रहेंगे, क्योंकि मैं भी इसी क्रम का हिस्सा रह चुका हूँ, इसलिये अच्छे से जानता हूँ, लेकिन इन सब बातों से कुछ समय के लिये आपको हो सकता है बहुत सराहना और बहुत वाहवाही मिल जाये, लेकिन बाद में आप

ही एक हसी के पात्र भी बनकर रह जायेंगे यह भी हकीकत है। अगर पहचान पानी है और कुछ करना है तो खुद से खुद को सुधारना पड़ेगा, अपने सामर्थ्य को अपने प्रयासो से बढ़ाना होगा। यह प्रतियोगिता का दौर है आपकी एक गलती, आपकी एक नजरंदजगी आपको कभी भी किसी भी वक्त रेस से बाहर कर सकती है। वहीं दूसरी तरफ आपकी नियमितता और आपकी सटीक मेहनत आपको रेस में सबसे आगे ले जा सकती है। खुद के साथ रहना सीखो, दूसरे जो आपके साथ है, जिनसे आपकी प्रतियोगिता है उनके साथ खुद की स्थिति का आकलन करो और अगर इस आकलन में स्वयं को पीछे पाओ तो खुशी के साथ उसे स्वीकार करो तथा अपने पिछड़ेपन को हटाने के प्रयास में जुट जाओ और तब तक लगे रहो जब तक आपको यह विश्वास न हो जाये कि आप भी किसी से कम नहीं हैं। अगर खुद्दर हुये तो ये मेहनत उम्र भर जारी रहेगी। मेहनत से पीछा छुड़ाने की बजाय उससे इश्क करना सीख लो, उसे अपनी प्रेमिका बना लो फिर देखना राज और रास्ते खुद ही खुल जायेंगे और आप विजयी हो जायेंगे। अच्छे परिणामों का एहसास लाज़मी हो जायेगा, हर कदम पर खुद को सुधाअरने का प्रयास करो। देखना फिर एक दिन आपसे ही दूसरो को आदर्श मिलेगा। शर्त यही है कि आपका अभिमान दुर्योधन न बन जाए, वरना सारी उपलब्धियाँ, सारे पद मिलने के बाद भी आप हमेशा एक चीज के भूखे रहोगे और वह होगा सम्मान को पाने की भूख जो एक अच्छे व्यक्तितव की सबसे बड़ी भूख है। एक अभियंता (इंजीनियर) होकर भी यह कह रहा हूँ क्योंकि यह नैतिकता के अंतर्गत आता है, अच्छे लोगों में रहकर अच्छा बन जाना बड़ा ही आसान होता है, लेकिन वही अराजक तत्वों के बीच रहकर भी खुद को सभाले रखना बहुत मुश्किल होता है। जैसे जब किसी लड़की पर दिल

आ जाता है, तब हर समय दिल यही कहता है कि काश बस एक बार वो फिर से मेरी गली से गुजर जाती और इसी इंतजार में खिड़की के पास बैठे-बैठे, किस तरह दिन निकल जाता है, पता ही नहीं चलता। जैसे ही माँ आवाज लगाती है कि बेटा क्या आज खिड़की से चिपके रहोगे खाना नहीं खाना है, तब बहाना मार देते हैं कि - "माँ बस थोड़ी देर और रुक जाइये, मैच (गली में हो रहा) खत्म होने वाला है। ऐसा लगता है जैसे कि फिरोजशाह कोटला में भारत – पकिस्तान के बीच फाइनल मैच चल रहा हो जिसमें सहबाग और सचिन खेल रहे हों। झूठ बोलकर मन ही मन मुस्कराते हैं और कहते हैं कि उनके दीदार के खातिर इतना तो चलता है, और इसी बीच अगर किस्मत साथ नहीं देती और वह नहीं आती तो दूसरे दिन खुद उसके मोहल्ले में दस्तक देने पहुँच जाते हैं। कभी इधर कभी उधर ताका-झाँकी करने लगते हैं और कुछ नहीं मिल पाता तो स्थिरता प्राप्त करने के लिये उसी के घर के सामने साइकल पंक्चर नहीं भी होती है तब भी होने का बहाना बना देते हैं "हवा निकालकर"। इस उम्मीद में कि शायद वह बाहर आ जाये और उसकी एक झलक दिख जाये। यह होता है शायद "सिद्दत वाला प्यार", जो इसे पसंद नहीं करते वह कहते हैं इसे "पागलपन", लेकिन कुछ भी कहो इश्क का जुनून ऐसा ही होता है जो हर तरह योजनाएँ, हर तरह के रास्ते ढूँढ़ता है जिससे वह इश्क मुकम्मल हो सके। क्या ये जुनून, क्या ये तड़प, हम अपने उद्देश्य के प्रति नही रख सकते? क्या यही मेहनत अपनी मंजिल को पाने के लिये नहीं कर सकते? यह सोंचने का विषय है, और इस पर सोंचना होगा और इसे लागू भी करना होगा वरना न तो इश्क और न ही मंजिल मुकम्मल होगी। वैसे देखा जाये तो मेहनत तो आमतौर पर ज्यादातर लोग करते ही हैं, मेहनत तो एक

मजदूर भी बहुत करता है जो सुबह निकलता है और शाम को 100-200 रुपये लेकर घर वापस आ जाता है, उसके बच्चे उसकी पत्नी उसके भरोसे में घ्रर में इंतजार करते रहते हैं, जब वह घर आता है तब घर का चूल्हा जलता है। उसके बच्चे कहते हैं कि पापा क्या लाये हो बहुत भूख लगी है, और कई सारे सवाल करने लग जाते हैं, तब उसके थकान भरे चहरे को देखकर माँ कहती है कि बच्चों सो जाओ रात बहुत हो गई है, वरना बाहर से शेर आ जायेगा, और जो समझदार हो जाते हैं वे कुछ नहीं कहते। क्या ऐसी जिंदगी बिताएंगे आप उस लड़की के साथ जिसके लिये आप वक्त पर खाना नहीं खाते थे, जिसे आप पाने के लिये बेताब थे, जिसे आप दुनिया की हर खुशी देना चाहते थे और क्या पता कि "जिस" जिस सर्वनाम का प्रयोग करके मैंने इतना सब कुछ बोला, पता चले वह शब्द महज कहने के लिये ही रह जाये और आप उम्र भर कही खिड़की पर ही बैठे न रह जाएँ और इसी के साथ उन सभी उम्मीदों का क्या जो तब से हमसे जुड़ी हैं जबसे हमने होश संभाला है। जरा सोंचिये कि इतनी सारी उम्मीदों को एक साथ मरते हुए हम कैसे देख सकते हैं? अगर यह सारे ख्यालात हमारे मन में रहेंगे, तब चाहकर भी हम गलत करने से डरेंगे और कुछ अच्छे की तलाश में रहेंगे। साथियों एक बाद ध्यान रखना कि -

"जब तक दीपक जलता रहता है उसकी अहमियत होती है और बुझते ही किसी के पैरों के नीचे आकर अपना अस्तित्व समाप्त कर लेता है या और सार्थक कहूँ तो समाप्त कर दिया जाता है अथवा महज एक बच्चों का खिलौना बनकर रह जाता है"

इसलिये कोशिश करो कि हमेशा अपने उद्देश्य के प्रति समर्पित रहो और सदैव उसे पाने के प्रयास में अपने प्रयास

करते रहो। फिजूल में समय बर्बाद करना भी एक अच्छे व्यक्ति के लिये मानवीय अपराध है, क्योंकि ऐसा करके हम मानव संसाधन का दुर्पयोग करते हैं। खुद की हार, खुद की असफलतओ से सीख लो न कि उनमें मायूसी ढूँढो। अपने सामर्थ्य बढ़ाने के तरीके खोजो, कैसे कम समय में ज्यादा से ज्यादा प्राप्त किया जाये? कैसे खुद में और सुधार लाया जाये? कैसे अपने उद्देश्य को सरल बनाया जाये? इत्यादि चीजों पर सोंचना और मनन करना बहुत जरूरी है, अगर हम जिंदगी में कुछ बहुत अच्छा करना चाहते हैं। हमारी तैयारी हमारे उद्देश्य के नजरिये से कैसी है? क्या हमारी वर्तमान मेहनत हमारे भविश्य के उद्देश्य की पूर्ति कर रही है? या फिर उसमें कमियाँ हैं, क्या हम वास्तव में मेहनत कर रहे हैं? या फिर महज़ दिखावे की संस्कृति में जी रहे हैं? इन सभी प्रश्नों को खुद से करते रहना ही हमें व्यावहारिक और बेहतर बनायेगा, अगर हम उनमें आये दिन सुधार करते रहेंगे। कुछ समय निकालकर खुद का आंकलन निष्पक्ष रूप से करना चाहिये और शायद एक अच्छे विध्यार्थी होने का यही सबसे बड़ा प्रमाण है। कभी किसी काम को करते समय उसमें हार का खयाल नहीं लाना चाहिये। उसे उसके मुकाम तक पहुँचाकर ही थमने का प्रयास करना चाहिये न कि बीच में छोड़ना चाहिये और हमेशा जिंदगी में इस बात पर गौर करना और हो सके तो अमल भी करने का प्रयास भी करना कि-

"मंजिल मिल जायेगी भटकते ही सही, गुमराह तो वे हैं जो घर से निकले ही नहीं"

अधिकतम से अधिकतम

सबसे पहले जब क्रिकेट की शुरुआत हुई थी तब लोग टेस्ट मैच खलते थे बाद में एक दिवसीय मैच खेलने लगे।फिर

जैसे-जैसे समय बीतता गया प्रतियोगिता उतनी ही तेजी से बढ़ने लगी। शोएब अख्तर, ब्रेट ली जैसे तेज गेंदबाजो ने यह साबित कर दिया कि रफ्तार के संदर्भ में उनकी गेंदबाजी चीते से कहीं आगे है जोकि अपने आप में एक बहुत बड़ी उपलब्धि है। दुर्भाग्य इस बात का है कि इतनी बड़ी मानवीय उपलब्धि को कुछ खास सराहना नहीं मिल पायी। खैर आगे बढ़ने पर पता चलता है कि इसमें और कई सुधार हुये और कई नियम कानून बने जिसने क्रिकेट को विश्व प्रसिधि दिलाई। बाद में टी-20 मैच भी खेले जाने लगे, जो आज के युवाओं की प्रथम पसंद के रूप में सामने आये हैं, बात सिर्फ कम ओवरों के खेले जाने वाले मैच की नहीं है, बात है उन प्रतिभाओं की है जिनकी बदौलत कल तक 50 ओवरों के मैच में जो स्कोर बनते थे, आज वही स्कोर महज 20 ओवरों के मैच में आज बनने लगे हैं। 200 रन भी आज आसानी से टी-20 मैच में एक टीम बना लेती है और उसे भी आसानी से विपक्षी टीम द्वारा प्राप्त कर लिया जाता है। इस अलग और अटपटी सी लगने वाली बात का सिर्फ यही निष्कर्ष है कि न्यूनतम ओवरों में अधिकतम रन बनाने का कौशल जिस टीम के पास है, वही जीतेगी ऐसा कहना तो उचित नहीं होगा, लेकिन जीत की राह आसान हो जायेगी, यह बिल्कुल सच है। क्योंकि इससे टीम के खिलाड़ियों का मनोबल बढ़ेगा और विपक्षी टीम का मनोबल इतने विशाल आँकड़े को देखकर अपने आप ही कम हो जायेगा। इस तरह जीत की राह आसान हो जायेगी। ठीक इसी प्रकार आज हमारी असल ज़िन्दगी भी टी-20 क्रिकेट के चारों ओर केंद्रित होते नज़र आ रही है। आप जितना सीखेंगे उतना स्वयं को विश्वास दिला पायेंगे कि आप खुद को बेहतर बनाने के लिये प्रयासों की प्रतियोगिता में प्रतिभाग कर रहे हैं। हम सभी अपनी

18-22 साल की उम्र में यह जान जाते हैं कि आखिर हमें क्या करना है, या दूसरे शब्दों में कहूँ तो यह कि- हम जान जाते हैं कि हम कर क्या सकते हैं। उदाहरण के लिये एक स्नातक इतना तो जान ही जाता है कि सिविल सेवा परीक्षा के लिये उसकी योग्यता क्या है और उसे किन किन विषयों पर ज्यादा ध्यान देना चाहिये, मैंने शुरुआत में कहा था कि हमारी जिंदगी भी टी-20 के मैच की तरह है, लेकिन मेरे उपर्युक्त वक्तव्यों को पढ़कर आप सोंच रहे होंगे कि क्या आलातू-फालतू बकवास किये जा रहा है, यहाँ तो दूर दूर तक कोई संबन्ध ही नजर नहीं आ रहा है, मुझे थोड़ा सा विस्तार में जाने दीजिये फिर आप जरूर समझ जायेंगे कि यह बकबास जरूर है लेकिन जिंदगी की परीक्षा की यह एक अहम कड़ी है, जो हर किसी को जाननी चाहिये। अगर आप साधारण सी चीज को साधारण नज़रिये से देखेंगे तो वह बहुत ही साधारण नजर आयेगी लेकिन जब उसी साधारण चीज़ को आप अलग ढंग से देखते है तब आविष्कार हो जाते हैं। जैसे कि न्यूटन ने किया था, शायद सेब वाली घटना आपको भी याद हो, जो घटी होगी बहुतों के साथ लेकिन उसे आविस्कार में सिर्फ न्यूटन ही बदल पाया। इसलिये आप थोड़ा सब्र बनाये रखिये आपके सभी भ्रम खुद व खुद दूर हो जायेंगे, खैर चलिये अब वापस आता हूँ अपनी बात पर, मेरे हिसाब से जो हमें बाद में समझ आता है कि हम ऐसा कर लेते तो शायद और अच्छा कर पाते वह बात हमें पहले भी समझ में आ सकती है। बस उसके लिये शर्त यही है कि हमारी रुचि, हमारी संगति और हमारी प्रतियोगिता का स्तर क्या है? अगर हमारी ये सभी चीजें शुरुआत से ही बेहतर रहें तो शायद जो हमें चार साल बाद समझ आता है, वह हमें पहले ही समझ आ जाये और हम अपना कीमती समय बचा

सकें। फिर शायद उसका बेहतर ढंग से इस्तेमाल कर सकें। चलिये एक एक असल जिंदगी की वास्तविक घटना से आपको समझाने की कोशिश करता हूँ, चूँकि अभियांत्रिकी (इंजीनियरिंग) से जुड़ा हूँ (एक बार फिर कह रहा हूँ क्योंकि क्या पता आपने यहीं से पढ़ना शुरू किया हो, जैसे कि मैं अक्सर करता हूँ, ऐसी स्थिति में आपके लिये इस शब्द का प्रयोग तो पहली बार ही हुआ) तो उसी का अनुभव बताना चाहूंगा, क्योंकि उसे मैंने भी जिया है, और कुछ हद तक समझा भी है, एक विध्यार्थी कक्षा में जो अध्यापक पढ़ाता है उसे ध्यान से लिखता है और परीक्षा क़े समय सिर्फ वही नोट्स पढ़कर सम्मानजनक अंक ले आता है। अभियांत्रिकी की भाषा में कहूँ तो सम्मानजनक सीपीआई ले आता और कभी कभी तो इतना सम्मानजनक कि कक्षा में सबसे अधिक अंक (मार्क्स) उसी के होते हैं, और दूसरी तरफ एक बंदा कई सारी अलग अलग किताबें पढ़ता है, अच्छा खासा ज्ञान होता है उसके पास, वह तथ्यात्मक अध्ययन करता है लेकिन फिर भी परीक्षा में वह अच्छे मार्क्स नहीं जुटा पाता, हर बार यही होता है। वह फिर भी सीखता नहीं, शायद अभी भी उसे टेस्ट मैच पसंद है, और टी-20 को या तो खेलना नहीं जानता या फिर खेलना नहीं चाहता। दोनों में से कोई भी बात हो सकती है, लेकिन प्रश्न यह है कि क्या यह रणनीति सही है? मैं यह मानने को तैयार नहीं हूँ कि अगर आप ज्ञान प्राप्त करने के लिये पढ़ते हैं तब आप अच्छे अंक (मार्क्स) क्यों नहीं ला सकते। हां यह बात अलग है कि आपके अंक (मार्क्स) तुलनात्मक रूप से थोड़े से कम आ सकते हैं, लेकिन इतने भी कम नहीं कि आपको लोगों से यह कहना पड़े कि मैं सिर्फ अच्छी ज्ञान प्राप्ति के लिये पढ़ता हूँ न कि अंकों (मार्क्स) के लिये पढ़ता हूँ । उस विध्यार्थी को भी खुद को ऐसे तैयार

करना चाहिये जिससे उसका भी ग्रेड कार्ड कुछ हद तक अच्छा हो जाए। मैं यह नहीं कहता कि वह अपनी योजनाओं अपने तरीकों को अपने सिद्धांतों (कांसेप्ट) को भूल जाये लेकिन परीक्षा के समय सिर्फ वही पढ़ ले जो अध्यापक ने पढ़ाया हो और वही लिखे जो उसने कापी में लिखाया हो वरना हालत सुधरने वाली नहीं हैं, इसलिये जो सिस्टम है उसे अपनाओ और उसके हिसाब से चलते रहो अपने फंडे अपने ढंग सिर्फ वहीं अपनाओ जहाँ उनकी जरूरत हो अन्यथा नुकसान आप ही का होगा। सीधी सी बात है कि अगर आपके पास ज्ञान है तो वह आपसे कोई नहीं छीन सकता, लेकिन उस ज्ञान का उपयोग तभी संभव है जब आप एक अच्छी जगह, जब आप एक अच्छे पद पर होंगे अन्यथा लोग आपको और आपके ज्ञान को कोई तवज्जो नहीं देंगे। बहुत सीधी और सरल बात कहता हूँ कि "अगर न्यूनतम में ही अधिकतम से अधिकतम प्राप्त हो रहा है तब व्यर्थ में अपनी शक्ति का दुर्पयोग क्यों किया जाए? और जब मौका जोर आजमाने का हो तब फिर पीछे क्यों रहा जाए" आज के दौर में जिंदगी का यही उसूल है। अगर आपमें काबिलियत है तो उसे साबित करने के मौके आपको खुद ढूँढने होंगे वरना आप काबिल बनने के चक्कर में अपनी जिंदगी के आर्थिक पहलू को संवार नहीं पायेंगे और उम्र भर धक्के खाते रहेंगे। इसलिये चीजों और कायदों को समझना बेहद जरूरी है, हर जगह खुद को सही साबित करने की जरूरत नहीं है। आज प्रत्येक अच्छी नौकरी पाने के लिये हमें साक्षात्कार से हर हाल में गुजरना ही पड़ेगा। अब वह दौर चला गया जब मेरिट से चयन प्रक्रिया पूरी हो जाती थी। आज भारत में भी सभी सम्मांजनक एवं प्रभावशाली पदों के लिये साक्षात्कार बेहद जरूरी हो गया है। यहां तक कि अभियांत्रिकी में भी कैम्पस

प्लेसमेंट भी उसी का अच्छा होता है जो अच्छे से बोल पाता है, अपने सीमित ज्ञान को अच्छे से लोगों के बीच उजागर कर पाता है, अपनी बात को स्पष्ट रूप से और सीधे ढंग से समझा पाता है। आज के दौर में हमारे कपड़े (पहनावा), हमारी प्रभावशाली भाषा खासकर अंग्रेजी बहुत ज्यादा मायने रखती है। आप जितने प्रभावशाली रूप से अपना संदेश दूसरों के सामने प्रस्तुत करेंगे उतना ही अच्छे ढंग से लोग आपको सुनेंगे और पसंद भी करेंगे और इसी के साथ आपको सराहना भी मिलेगी। आज के दौर में अगर आपके पास ज्ञान 50 प्रतिशत भी है तो कोई बात नहीं लेकिन आप उसका अच्छे से इस्तेमाल करने में सक्षम हैं, तब आप सफल हैं। मेरा मतलब यह कि अगर आप जितना जानते हैं उसे अच्छे ढंग से प्रस्तुत कर पाते हैं, तब आप लोगों के लिये बहुत कुछ जानते हैं और आप स्थिरता प्राप्त कर लेते हैं। आज पढ़ाई के साथ हमारी आवाज़, हमारी संचार प्रक्रिया, हमारा व्यवहार इत्यादि चीजें लोगों के द्वारा मूल्यांकित (नोटिस) की जाती हैं। उदाहरण के लिये बताऊँ तो अगर आज के दौर में आपको एक अच्छी प्रेमिका (गर्लफ्रेंड) तभी मिलती है जब आपमें उपर्युक्त विशेषताए हों लेकिन यह जरूरी नहीं कि न होने पर आप कुंवारे रह जाओगे लेकिन शायद सिया की जगह दिया से शादी करके घर बसाना पड़ जाये, समझौते की तरह, खैर जो भी हो, फिलहाल उपर्युक्त बातों पर ध्यान देना ही होगा अभी से ही। प्रेमिका (गर्लफ्रेंड) के लिये न सही तो अपने उद्देश्य के लिये, लेकिन मुझे नहीं लगता पहले शब्द से पहले आप दूसरे शब्द पर ध्यान देंगे, अगर पिताहमाह भीष्म के वंशज हैं तब बात अलग है। अब कुछ भी कह लीजिये यह इसे तो अच्छा करना ही पड़ेगा वरना आपकी पूनम - जिसे आप क्लास की बेंच पर बैठकर चोरी से देखा करते थे उसे

दिनेश ले जायेगा और आप वही करते रह जायेंगे जो अक्सर करते थे। वास्तव में यह आज के दौर का गम्भीर मुद्दा है लोगों को अपनी तरफ आकर्षित करने के लिये यह (अच्छा बोलने की कला) कला बेहद और बेहद जरूरी है। आप अभी खुद को जितना अच्छा कर लेंगे, उतना ही बाद में आपको फायदा होने वाला है। आज के युग में सबसे ज्यादा प्रचलित अंग्रेजी भाषा है, लिखने से ज्यादा बोलना मायने रखने लगा है, यह उम्र सीखने की है, हम अभी जो भी सीखेंगे वह हमारे साथ उम्र भर के लिये जुड़ जायेगा। अभी सीखना आसान भी है क्योंकि हम ऐसे फेज में हैं जिसमें सबसे ज्यादा हम ऊर्जांवित रहते हैं और हमारा दिमाग सबसे अच्छा काम करता है, ऐसा विज्ञान भी कहता है और यह तथ्यात्मक भी है। मेरे एक शिक्षक ने एक बात कही जो मुझे बेहद पसंद आई और इसी उम्मीद से लिख रहा हूँ कि आपको भी शायद अच्छी लगेगी, उन्होंने कहा है कि- पहले LEARN करो और फिर जैसे जैसे हम अपनी मेहनत और लगन से चीजों को सीखते जायेंगे तब L अक्षर अपने आप ही खत्म हो जायेगा और हम EARN करना खुद व खुद सीख जायेंगे, जो ज़िन्दगी जीने के लिये बहुत जरूरी है। आप जितना अच्छा बोलेंगे उतना ही लोग आपको पसंद करेंगे, शुरूआत करनी ही पड़ेगी, पहले वकबास (नॉनसेंस) बोलना शुरू कीजिए, अपने दोस्तों के बीच अपनी झिझक खत्म कीजिये फिर देखना एक दिन आपकी बातों में खुद व खुद भाव (सेंस) आ जायेगा। फिर आपको भीड़ में भी अच्छे से बोलना आ जायेगा, देखते ही देखते एक दिन जब आप एक बड़ी जनता को संबोधित कर रहे होंगे और जो आपके दोस्त होंगे वे सभी एक बात शायद जरूर सोंचेंगे कि - कल तक हमारे सामने जो फालतू की बातें किया करता था, आज कितना अलग और सही बात

कर रहा है, चमक गया (साला) । मैं मानता हूँ अगर कुछ बुरा करने से जिंदगी U टर्न लेती है तो उसे कर देना चाहिये बस शर्त यही है कि उसमें किसी का शारीरिक अथवा मानसिक रूप से अहित न हो। हर इंसान पैसा कमा सकता है लेकिन शायद सम्मान हर किसी के हिस्से ऐसे ही नहीं आ जाता। जब तक सम्मान नहीं मिलता तब तक हर चीज होते हुये भी कुछ अधूरा सा लगता है। ठीक उसी तरह इस दुनियाँ में "वह हार बेहद अच्छी है जिसमें आपके अपने साथ हों बजाय उस जीत के जिसमें आपके जीतने के बाद आपका कंधा थपथपाने के लिए कोई एक अकेला हाथ भी न उठे" इसीलिये अच्छे बनो, अच्छा व्यवहार रखो, अच्छी आदतों को स्वयम् में समाहित करो, अच्छे शब्द इस्तेमाल करो, अपनी बात को सहज और सरल रूप में कहना सीखो, और कोशिश करो कि कम से कम गलती हो, विनम्र स्वभाव और सहनशीलता भी अच्छे व्यक्तित्व की पहचान हैं। इसके साथ-साथ अपने दिल में इतनी जगह हमेशा बनाये रखो कि जब कोई आपसे मदद माँगने आये तब कम से कम अर्थ से नहीं तो अपनी व्यवहार कुशलता से उसका दिल जीतकर उसे इतना एहसास दिला सको कि आप एक अच्छे इंसान हो, क्योंकि आप चले जाएंगे और आपके जाने के बाद, आपको लोग ऐसी ही कुछ वजहों से हमेशा याद रखेंगे और आपके अपनो को भी आप पर सदैव अभिमान रहेगा। खैर नैतिकता से बाहर निकलकर एक बार फिर से हाल ही के मुद्दे पर आता हूँ लेकिन इसका यह मतलब नहीं कि उपर्युक्त बातें मैंने महज इन कागजों को भरने के लिये लिखी हैं। इन बातों से हम थोड़ा भी सीख पाये तो हम प्रतियोगिता के एक अच्छे क्रम में होंगे, और मैं तो सिर्फ तरीके ही बता रहा हूँ लागू और अमल तो हमें खुद ही करना है, मैं पहले ही कह चुका

हूँ मैं कोई प्रसिध व्यक्ति नहीं हूँ मैं तो आप ही के बीच का हूँ। कुछ अच्छा लग जाये तो आत्मसाथ कर लेना अन्यथा जो दिल करे वही रास्ता चुनना। तरीके कई हैं बस आपको उनमें से एक चुनकर उस पर काम करना है। पढ़ने के साथ-साथ और जरूरी चीजों पर भी गम्भीरता से ध्यान देने की जरुरत है। अन्यथा आपके साथ पढ़ने वाले साथी आपसे आगे निकल जायेंगे और आप हर दिन पीछे होते जायेंगे और जैसा कि मैंने आपको बताया कि अभियांत्रिकी से जुड़ा हूँ जहाँ दुख इस बात का नहीं होता कि अपना सीपीआई कम क्यों आया बल्कि दुख तो इस बात का होता है कि अपने दोस्त का सीपीआई ज्यादा कैसे आ गया? यहाँ खुशी अपनी जीत से कम दूसरे की जीत से दुख ज्यादा होता है। यह एक रिवाज है जो मुझे नहीं लगता कि बदलने वाला है। इसलिये बेहतर होगा कि खुद में तब्दीलिया कर ली जाएँ। प्रयास करते रहो रुको मत, चहरे पर थकान मत आने दो, अपने काम में रुचि पैदा करो, फिर देखना थकान खुद व खुद खत्म हो जायेगी। आज की मेहनत ज़िन्दगी में आराम लाने वाली है, अभी से ध्यान रखिये छोटी छोटी चीजों का, बाद में यही सब आपके बहुत काम आने वाली हैं।

भाग्य

अगर इंसान भाग्य को भगवान मान ले या फिर यह मान ले कि भाग्य से बढ़कर कुछ नहीं होता और उससे से ज्यादा कुछ नहीं मिलने वाला, तब यह कहना उचित ही होगा कि उसे मेहनत करने की कोई जरूरत नहीं है। अगर मैं कहूँ कि एक विध्यार्थी जीवन का यह (भाग्य) भी एक अहम किरदार है। हमने शायद ही कभी इस बात पर ध्यान दिया हो कि

जब हम असफल हो जाते, हमें मनचाहा परिणाम नहीं मिल पाता है, तब हम मायूस हो जाते हैं। यह आम बात है लेकिन इसी के साथ हमें अपने आसपास की चीजें भी बेकार लगने लगती हैं, उनमें कोई रुचि नहीं रह जाती है। हमारा आत्मविश्वास कम हो जाता है, ऐसा क्यों हो जाता है? हक़ीकत से हम दूर रहना चाहते हैं। खासकर उस हकीकत से जो हमें कमजोर बनाती है और हमें हमारी हार की याद दिलाती है। कुछ दिनों के बाद हम अपने भाग्य के सहारे उसे नजरंदाज कर देते हैं और स्वीकार कर लेते हैं कि हमारी क़िस्मत में यही लिखा था। लेकिन अगर फिर से वही चीज जब सामाजिक रूप से हमारे समाने आती है तो हमें दुख होता है और हमारी परेशानियाँ बढ़ जाती हैं। जिसके चलते या तो हम देवदास बन जाते हैं या फिर मोह माया से दूर सन्यास का मार्ग प्रशस्त कर लेते हैं। सन्यास मतलब सबकुछ छोड़कर लोगों को मुफ्त की नसीहत देने लग जाते हैं कि आप कितनी भी मेहनत क्यों न कर लें, मिलेगा उतना ही कि जितना भाग्य में होगा। जरूरत से ज्यादा किसी चीज पर भरोसा करना भी कभी-कभी घातक सिद्ध होता है, यह कोई नई बात नहीं है, हम सभी जानते हैं, बस मानते तभी हैं जब ह़कीकत में कोई सम्बन्धित दुर्घटना हमारे साथ घटित होती है। उम्मीद करना, आशावान रहना बेहद अच्छी बात है लेकिन वह उम्मीद जायज और हमारे सामर्थ्य के अनुरूप होनी चाहिये। तब कभी भी निराशा हमारे हाथ नहीं लगेगी, यह दावे के साथ कहना तो बहुत मुश्किल है लेकिन यह थोड़ा तथ्यपरक अवश्य लगता है, जो उपर्युक्त बात का समर्थन करता है। स्वयं का ही उदहारण देकर आपको समझाने का प्रयास करता हूँ - आईआईटी से स्नातक (ग्रेजूएट) होने का सपना हर एक विध्यार्थी का होता है, तो इसी क्रम में मैं भी

था और इसे पाने के लिये मेहनत भी दिन रात की जो मुझे जीवनपर्यंत याद रहेगी। लेकिन अंत में असफल रहा, अफसोस हुआ, निराश भी लेकिन उस अफसोस और निराशा का परिमाण कम और अंशकालिक था। सरल शब्दों में उसका अस्तित्व बहुत कम समय के लिये था क्योंकि मुझे पता थी खुद की औकात और वह यह थी कि मैं आईआईटी के द्वारा बने सांचे में फिट नहीं बैठ पा रहा था, जिसे मैंने समय रहते स्वीकार किया तो जरूर लेकिन उसके बावजूद भी बस इसलिये उस सिलसिले को जारी रखा क्योंकि 400 किलो मीटर दूर आया था, खाली हाथ वापस नहीं जाना चाहता था। वहाँ से कुछ लेकर जाना चाहता था, अब फिर से इस स्थिति को देखते हुये क्या मैं इस परिणाम पर पहुंच जाऊँ कि आईआईटी में प्रवेश पाना मेरे भाग्य में नहीं था या फिर यह मान लूँ कि मेरी मेहनत में कमी रह गयी। कुछ हद तक मैं दूसरे वाक्य को मानने को तैयार हूँ, लेकिन प्रथम वाक्य को दिल और दिमाग दोनों मानने को तैयार नहीं हैं। शायद इस दौर से गुजरे होंगे तब आप भी नहीं मानेंगे, व्यर्थ की बातों को सोंचकर हमें अपनी ऊर्जा नष्ट नहीं करनी चाहिये। हमारी ज़िन्दगी में दोनों चीजें हैं, एक तरफ हमारा भाग्य और दूसरी तरफ हमारी मेहनत, और ये नदी के दो छोर हैं जिस छोर पर हम खड़े हैं वह मेहनत वाला छोर है। जिस पर विश्वास करना या न करना खुद पर निर्भर करता है लेकिन भले ही कई लोग दूसरे छोर(भाग्य) को अपने नज़दीक मानते हों और उनके पास शायद तर्क भी होंगे। लेकिन मेरा मानना है कि हम नाव चलाकर उस छोर (भाग्य) पर अच्छे परिणामों के साथ पहुंच सकते हैं, आपने शायद ध्यान न दिया हो उस नाव को और कोई नहीं सिर्फ इस छोर पर हमारे साथ रहने वाली "मेहनत" ही चला सकती है। इस छोर और उस छोर

के चक्कर में असमंजस में आप न पड़ जाएँ, इसलिये मैं आपको शिवखेड़ा जी ने अपनी प्रेरक पुस्तक "जीत आपकी" में जो मेहनत और भाग्य के बारे में कहा है उसे बताता चलता हूँ। उन्होंने कहा है कि - "उसने रात-रात भर जागना सीखा, उसने खेलना छोड़ दिया, उसने पार्टियों में जाने की जगह पुस्तकालय में जाना सीख लिया, उसने वह सब कुछ छोड़ दिया जिसने उसे उसके उद्देश्य से भटकाने की तमाम कोशिशें की और बाद में जब वह सफल हुआ तब दुनियाँ ने उसके बलिदान को उसकी मेहनत को एक नया नाम दे दिया, वह यह कि वह "भाग्यशाली था"। मैं मानता हूँ कि यह तो ठीक उसी तरह से हुआ जैसे कि- "जैसे रेलवे प्लेटफार्म पर 12 घंटे से कोई मुसाफिर अपनी ट्रेन का इंतजार करता रहता है और अंत में उसे उसके बर्बाद हुये समय के मुआवजे में एक बहुत सुंदर वाक्य सुना दिया जाता है कि - "आपकी असुविधा के लिये हमें बेहद खेद है धन्यवाद"। अन्यथा कभी कभी तो भीड़-भाड़ में वे अमूल्यवान शब्द भी सुनाई नहीं पड़ते जिन्हें खासकर हमारे लिये ही बनाया गया था, मेरे प्रिय साथियो में भाग्य के खिलाफ या उससे बगावत नहीं कर रहा हूँ और न ही मेरी कोई उससे ज्यात्ती दुश्मनी है क्योंकि यह बात बिल्कुल सही है कि अध्यात्मिकता हमें अच्छी राह दिखाती है, लेकिन हमें अपने भाग्य पर निर्भर नहीं होना है। जैसे कि अच्छा काम करना और उसके बाद लोगों की प्रशंसा प्राप्त करना, लेकिन सिर्फ प्रशंसा प्राप्त करने के लिये अच्छा काम करना कोई मायने नहीं रखता क्योंकि तब हम उस काम से कुछ सीख नहीं पाते हैं और साथ ही न कोई शैक्षिक प्रगति का मार्ग प्रशस्त करने में सफल हो पाते हैं क्योंकि तब हम मूल उद्देश्य से खुद को अलग कर लेते हैं। इसलिये भाग्य के प्रति आसक्ति नहीं बल्कि अभिव्यक्ति की

परिकल्पना का संचार करके अपने भाग्य को अपने अच्छे कार्यों से इस तरह अभिव्यक्त कर दो कि लोग तुम्हें भाग्यशाली कहने लगें। आगे बढ़ना है तो जितना हम अपनी अच्छाइयों पर इतराते हैं उतना ही हमें अपनी बुराइयों पर भी ध्यान देना होगा और उन्हें सुधारना भी होगा। भाग्य के भरोसे अगर अभी बैठ गये तो हो सकता है उम्र भर भागना ही भाग्य में रह जाए। जब हम घर से निकल कर, भीड़-भाड़ में पहुंचते हैं और लोगों के धक्के खाते हैं तब घर याद आ ही जाता है। फिर हम चाहते हैं कि जितनी जल्दी हो सके बस घर आ जाये।तब जरा सोंचिये कि ज़िन्दगी भर धक्के कैसे खा सकेंगे, ज्यादा समय तक भाग नहीं पायेंगे, थक जायेंगे और टूट जायेंगे इसलिये काल्पनिक बातों का त्याग करना ही होगा वरना जिंदगी भी कल्पनाओं से घिर कर खत्म हो जायेगी। अपने हर संभव प्रयास करते रहिये, अगर आप सही राह पर चल रहे हैं तो आपके प्रयास, आपकी लगन निश्चित ही आपको भाग्यशाली बनायेंगे। भाग्य को अच्छा बनाने के लिये आपकी सटीक मेहनत और अपने उद्देश्य के प्रति ईमानदारी बहुत जरूरी है। आप पूरी दुनियाँ को धोखा भले ही देने में समर्थ हो जाएँ लेकिन स्वयं को धोखा देने की समर्थता आप कभी प्राप्त नहीं कर सकते। ये दुनियाँ बहुत बड़ी है, लोग बहुत आगे निकल चुके हैं, प्रतियोगिता आसान नहीं है, यहाँ पिछड़ना तो बहुत आसान है लेकिन आगे बढ़ने के लिये निरंतर प्रयास करते रहना होगा, जो ढंग है इस दौर में आगे बढ़ने का उसे समझकर अपने आत्मसाथ कर लो और उसे लागू करते जाओ। फिर समस्याओं का समाधान भी मिलेगा और वह सब कुछ भी मिलेगा जिससे ज़िन्दगी "ज़िन्दगी" बन जाती है, खुद पर विश्वाश रखना बहुत अच्छी बात है लेकिन जरूरत से ज्यादा नहीं, अन्यथा

इसके भी एक से बढ़कर एक गौण-प्रभाव (साइडइफेक्ट) हैं जिनका कोई भी बैक-अप नहीं है और फिर विज्ञान भले ही कितनी ही तरक्की क्यों न कर चुका हो लेकिन इंसानी ज़िन्दगी के प्लेस्टोर में अभी भी कोई ऐसा सॉफ्टवेयर नहीं बना पाया है जिसे अधिष्ठापित (इंस्टाल) करते ही उपर्युक्त गौण-प्रभाव (साइडइफेक्ट) अपने आप ही खत्म हो जाएँ, यहाँ राह आसान नहीं है। लेकिन उतनी कठिन भी नहीं जितना अक्सर हम समझ लेते हैं और या फिर हमें अलग-अलग सूत्रो से समझाने का भरसक प्रयास किया जाता है, यह ज़िन्दगी एक ही बार मिलती है और सभी को मिलती भी नहीं, तो कैसे मान लूँ कि हम भाग्यशाली नहीं हैं? दो चीजों को अपने वश में करना सीख गये तो समझना ज़िन्दगी में बहुत कुछ कर लिया उनमें से पहला तो है आपका "भाग्य" और दूसरा "भरोसा", हर किसी से सीखने का प्रयास करो सभी कहते हैं, मैं चाहता हूँ कि इसे थोड़ा सा परिवर्तित किया जाये। मेरे हिसाब से जो आपको आता है उसे दूसरो को सिखाने का प्रयास करो तब देखना कुछ न कुछ दूसरा शख्श भी आपको सिखा के जायेगा और जो आप खुद किसी दूसरे से सीखना चाहते थे वह आपको खुद सिखाकर जायेगा। आप इस दौरान कुछ हद तक अपना समय बचाने में सफल हो जायेंगे। अनायास ही व्यर्थ में समय की बर्बादी नियति और प्रकृति दोनों में ही अवांछनीय स्वीकार की गयी है। यह उम्र बहुत ही निर्णायक मानी जाती है हमारी ज़िन्दगी के मूल्यांकन के समय। अगर इस उम्र में गलत राह पकड़ी तो तमाम उम्र "गलत" शब्द ज़िन्दगी के शब्दकोश से खत्म नहीं हो पायेगा, और इसका परिपथ इतना जटिल (काम्प्लेक्स) हो जायेगा कि हम असमंजस में पड़ जायेंगे कि सप्लाई कहाँ से दी जा रही है और पॉवर का स्रोत कहाँ पर है? जरूरत से ज्यादा और

जरूरत से कम दोनों ही स्थितियां कभी-कभी हमें ऐसे झटके दे जाती हैं कि उम्र भर हम या तो ऐसऐचऐम (SHM) करते रहते हैं और नहीं तो बीते समय के बेहतरीन पलों को याद करने लग जाते हैं और इस तरह से याद करते हैं कि मानो अब ज़िन्दगी का यही दुखद अंत हो। इसलिये पढ़ने के साथ ही वक्त-वक्त पर अपने शिक्षकों से, अपने निपुण साथियों से और अपने वरिष्ट लोगों से सलाह लेते रहना चाहिये और खुद को मूल्यांकित करते रहना चाहिये। अपनी प्रगति और कामयाबी का मूल्यांकन भी करना बहुत जरूरी है, जब तक आप सफल नहीं हो जाते अपनी उम्मीद और प्रयास दोनों ही मत छोड़िये अन्यथा लोगों को एक और मौका मिल जायेगा आपको गुमराह और असहाय करने का, और वे यह कहने से बिल्कुल नहीं चूकेंगे कि "शायद आपके भाग्य में सफलता का समावेश कभी था ही नहीं" जबकि हक़ीकत में कमी तो कुछ और ही थी। लेकिन इसका श्रेय वेवजह भाग्य को तोहफे में दे दिया जयेगा ठीक उसी तरह जब आपको सफल होने के बाद भाग्यशाली कहा जाने लगता है। मुझे यह मालूम नहीं कि विध्यार्थी जीवन में हम यह कैसे जान पाएँ कि आखिर हमें करना क्या है?हम कर क्या सकते हैं?और हम कर क्या रहे हैं? कुछ जान जाते हैं (समय रहते) और "कुछ", सब कुछ भाग्य और भगवान के भरोसे छोड़ देते हैं, और यह नसीहत कहीं से सीख जाते हैं कि अरे! जो भी होगा देख लेंगे। मेरे हिसाब से इसमें नया और सकारात्मक तथ्य क्या है? जो होगा वह आप देख क्या लेंगे आपको देखना ही पड़ेगा और एक आप हैं कि यह कहकर समझते हैं कि आपने बहुत बड़ी बात कह दी हो। जैसे किसी सिनेमा में फिल्म देखने गये हों जहाँ बाजीराव मस्तानी और दिलवाले दोनों लगी हों, और आलोचकों के बीच जाकर, उनकी बातें सुनकर अचानक से

बोलने लगते हैं कि अरे! जो भी होगी देख लेंगे, अरे देख क्या लेंगे अब तो देखना ही पड़ेगा क्योंकि उसकी कीमत आप पहले ही चुका चुके हो, लेकिन हाँ इसे रोका जा सकता था, अगर आप पहले से जागरूक होते। आपको पहले से उन सारी बातों का पता होता जिनके अभाव में आपको कहना पड़ गया कि जो होगा देख लेंगे, तब वेशक आप इस स्थिति से बच सकते थे। ठीक यही वाक्या हमारी असल ज़िन्दगी में भी लागू होता है, अगर आप जागरूक नहीं रहेंगे तो वही कहते रहेंगे जो मैं शायद चार बार लिख चुका हूँ और फिर से लिखूँगा तो आप शायद भारत पाकिस्तान की "सीमा" के बारे में सोंचने लगेंगे और मैं नहीं चाहता कि आपका ध्यान भटके, बात समझ न आई हो तो जरूरत से ज्यादा दिमाग लगाने की जरूरत नहीं है। फिलहाल अगर आप भी इसी क्रम में हैं तो कतार से निकल जाना ही फायदे का सौदा होगा और अगर नहीं तो घर जाकर पापा के कामकाज में हाथ बँटाना आपको आज्ञाकारी बेटा/बेटी बनाने में काम आयेगा क्योंकि- ("it's better to be a obediently son than being a bad looser") नाकाम हारने वाले से एक आज्ञाकारी बेटा बनना कहीं बेहतर है। विध्यार्थी जीवन में जागरुकता बहुत जरूरी है, मुझे नहीं पता कि आपका भाग्य आपका साथ देगा या नहीं लेकिन आपकी मेहनत, आपके दिल से किये गये प्रयास आपको कभी निराश नहीं करेंगे। भले ही आपको थोड़ा इंतज़ार करना पड़ जाये यह अलग बात है।

मार्गदर्शन व जागरुकता का अभाव

किसी ने बहुत ही सटीक एवं व्यवहारिक बात कही है कि- "कलाओं का अस्तित्व कभी व्यवस्थाओं का मोहताज नहीं होता है"। हमारे वर्तमान जीवन में व्यवस्थाये हमारी प्रतिभा को निखारने और उसे दुनियाँ के सामने लाने के लिये एक

मंच (प्लेटफार्म) जरूर तैयार करती हैं, यह बात व्यक्तिगत नहीं बल्कि सामान्य है जो अधिकांश विध्यार्थियो के लिये सही होगी। फिल्म "आई एम कलाम" में छोटू कहता है कि हमारा कर्म, शिक्षा, मेहनत एवम् अपने कार्य के प्रति रुचि इंसान को काबिल और कामयाब बनाती है, आज के दौर में एक और भी चीज़ है जो इन सब बातों से पहले जरूरी है, वह है आपका ज्ञान, आपकी जानकारी उन तमाम चीज़ों के बारे में जो आपके लिये आवश्यक हैं और आपकी काबीलियत का प्रमाण भी हैं। इसके साथ-साथ एक अच्छे मार्गदर्शक की दरकार भी हम सभी को रहती है(सामान्यताह), और एक अच्छे विध्यार्थी के लिये स्वयं से अच्छा कोई मार्गदर्शक नहीं होता है, बढ़ती उम्र के साथ हम सब पर बहुत सी जिम्मेदारियाँ आ जाती हैं, जिन्हें हमें अच्छे से निभाना होता है और यह हमारा नैतिक कर्तव्य भी है। हम इनसे दूर नहीं भाग सकते और न ही इनसे पीछा नहीं छुड़ा सकते हैं अपने परिवार, अपने समाज और अपने देश के प्रति जो हमारे नैतिक कर्तव्य हैं, उनका पालन करना हमारा फर्ज बनता है, इन सभी कर्तव्यों का हम अच्छी तरह से पालन तभी कर सकते हैं जब हमें नैतिक मूल्यों का भी ज्ञान हो, इस दृष्टि से नैतिकता का हमारे जीवन में समावेश होना नितांत आवश्यक है और इसके साथ-साथ हमारी समझ भी विस्तृत और सटीक होनी चाहिये। मार्गदर्शक शब्द को परिभाषित करना मुझे नहीं आता और इस बात के लिये मुझे कोई ग्लानि भी नहीं है। हालांकि इतना जरूर जानता हूँ कि इस शब्द का प्रयोग महाभारत में भगवान श्रीकृष्ण ने किया था अर्जुन को गीता का पाठ पढ़ाकर, उन्हे सही राह दिखाकर, उन्हें भटकने से बचाकर, उनकी शंकाओं का उचित एवम् न्यायपरक समाधान करके, उन्हें कौरवों की विशाल सेना के समक्ष जीत दिलाकर।

लेकिन आज के महाभारत में न तो अर्जुन जैसे पराक्रमी और अनुशाशित शिष्य बचे हैं और न ही कृष्ण जैसे गुरु एवम् मित्र बचे हैं। कुछ हैं भी तो वे सभी धीरे-धीरे भौतिकता का शिकार हो रहे हैं जिसकी वजह से समाज में नैतिकता भी पतन के छोर पर है। यह आज की शिक्षा पद्धति की सबसे बड़ी खामी है। नैतिक अवमूल्यन की वजह से आज आतंकवाद, भ्रष्टाचार जैसे भयावह शब्द तेजी के साथ पनप रहे हैं। यह एक गम्भीर मुद्दा है जिस पर हमें ध्यान देने की जरूरत है, खैर विषय की तरफ रुख करते हुये एक जरूरी बात कहना चाहूँगा कि- आपकी काबिलियत तभी आपको सफलता दिला सकती है जब सही समय पर उसका उपयोग आपने किया हो, मैं अपने गांव की एक जीवंत घटना से इस बात की पुष्टि करने की कोशिश कर रहा हूँ- मेरे गांव में मेरे पिताजी के साथ गांव के कई लोगों ने शिक्षा प्राप्त की, एक बार जब मैंने पिताजी से पूछा कि पिताजी आपने अपनी शिक्षा किस तरह पूरी की? तब मैं कक्षा 8 में अध्ययनरत था, उन्होंने बताया कि वे सब साथ में ही पढ़ने जाते थे। मेरे पिताजी गरीब परिवार से थे, महज़ 5 साल की उम्र रही होगी जब बाबा गुज़र गये। दादी मेरे पिताजी को लेकर अपने माइके चली आयीं, जहां उनके भाइयों ने उन्हें रहने के लिये एक खेत दे दिया और उसी में उनकी झोपड़ी डाल दी, मेरी दादी ने बड़ी मेहनत से मेरे पिताजी को पढ़ाया, पिताजी ने भी बहुत मेहनत और लगन से पढ़ाई की, ज्यादातर उनके साथी अच्छे खाते-पीते परिवार से थे और मेरे पिताजी के पास इतनी सुख सुविधाये उपलब्ध नहीं थीं। जानना यह जरूरी नहीं है कि मेरे पिताजी ने कैसे गुजारा किया होगा और किस तरह आगे बढ़े होंगे? लेकिन आपको यह जानना जरूरी है कि आज मेरे पिताजी ने एक शिक्षक बनकर जो सम्मान और

जो प्रतिष्ठा पायी है, वह अतुलनीय और सराहनीय है जबकि पिताजी के अन्य साथी भी उनसे ज्यादा काबिलियत रखते थे लेकिन कुछ खास नहीं कर पाये कोई खेतों तक सीमित रह गया तो कोई राजनीति में अपना सिक्का आजमाने चला गया। मेरा मकसद किसी को नीचा दिखाना या अपने पिताजी की सराहना करना नहीं था, आप सभी जो मेरे पिताजी के साथ पढ़े थे, मेरी पुस्तक पढ़ रहे हों, और अगर आपको इस बात से दुख हुआ हो या आपकी प्रतिष्ठा को ठेस पहुंची हो, तो हाथ जोड़कर आपसे माफी मांगता हूँ। लेकिन भारत के भविश्य को यह बताना जरूरी था कि काबिलियत का अगर सही समय पर इस्तेमाल नहीं कर पाये तो सभी डिग्री, सभी मेडल किसी काम के नहीं रह जायेंगे जो बड़े ही सम्मान और साधना से आपने प्राप्त किये थे। कक्षा 12 में जब अध्ययनरत थे तब आईआईटी का फार्म नहीं डाला, सिर्फ पढ़ते रहे, 12वीं कक्षा उत्तीर्ण करने के बाद भी पढ़ाई में ही मशगूल रहे, और जब बाद में पता चला तो उम्र भर अपने बच्चों से कहते रहे कि- मैंने जो गलती की है उसे तुम मत दोहराना नहीं तो मेरी ही तरह पूनम की जगह सोनम से शादी करनी पड़ेगी और पूनम को टीवी पर देखकर बच्चों से कहोगे कि बेटा/बेटी ये ग़लती मुझसे न हुई होती तो आज ये ही तेरी माँ होतीं। फिल्म 'थ्री ईडियट' में आमिर खान कहता है कि काबिल बनों कामयाबी झक मारकर तुम्हारे पीछे आयेगी, लेकिन मेरा मानना है कि अगर आप सही मौका नहीं तलाश कर पाये तब न तो आपकी काबिलियत काम आयेगी और न ही कामयाबी झक मारकर पीछे आयेगी क्योंकि - "कभी-कभी सही मौके ही कामयाबी बन जाते हैं", इसीलिये काबिलियत हासिल करने के लिये मेहनत करना अच्छी बात है, लेकिन इसी के साथ यह जानना भी जरूरी

है कि आपकी काबिलियत की अंतिम तिथि क्या है? अंग्रेजी में इसे एक्स्पायरी डेट बोलते हैं, हालांकि अभयानंद सर से मिलेंगे तब आपको लगेगा कि काबिलियत की कोई अंतिम तिथि नहीं होती, लेकिन सभी अभयानंद सर जैसे नहीं हो सकते, यह एक सच है जिसे नजरंदाज नहीं किया जा सकता है। इसलिये मौके की तलाश में हमेशा रहो और खुद को जागरुक रखो, यह मंजिल की राहों को आसान बनाने में बहुत सहायक होगा ऐसा विश्वास करता हूँ। जब हम एक अच्छे मार्गदर्शक के सानिध्य में अपने उद्देश्य की तरफ रुख करते हैं, तब हमारा आत्मविश्वास कभी गिरता नहीं है और हम अच्छे से मेहनत कर पाते हैं, और यह मार्गदर्शक कोई भी हो सकता है, यह आपका गुरू हो सकता है, आपके माता-पिता हो सकते हैं, या फिर आप खुद भी हो सकते हैं। ज़िन्दगी में अगर हो सके तो मेरी इस बात को याद रखना - अगर आप अपनी काबिलियत का सही और समय रहते उपयोग नहीं कर पाये तो हो सकता है कि आप बाद में नसीहत और अनुभव देकर उनकी मद्द करने में अपना महत्वपूर्ण योगदान देने में सफल हो जाएँ लेकिन याद रखना आप खुद की ज़िन्दगी के साथ बहुत बड़ी न इंसाफी करेंगे। जो एक अपराध से कम नहीं होगा और यह एक ऐसा अपराध होगा जिसकी सुनवायी आपकी ज़िन्दगी की अदालत में होगी जहाँ अपराधी आप होंगे और सज़ा सुनाने वाला न्यायाधीश भी आपकी खुद की ज़िन्दगी ही होगी, ख्याल रहे कि आपको कोई शारीरिक रूप से प्रताड़ना नहीं दी जायेगी। लेकिन उम्र भर आपको मानसिक रूप से प्रताड़ित किया जाता रहेगा। इसलिये मैं नहीं चाहता हम सभी में से कोई भी इस क्रम का हिस्सा बने। मेरे साथियों पढ़ाई के साथ-साथ, यह जानना भी जरूरी है कि वह हमारे किस काम आयेगी? अगर व्यक्तिगत

रूप से बात करूँ तो मुझे खुद नहीं पता कि मैं अपने उद्देश्य में सफल हो पाऊँगा भी या ऐसे ही नसीहत ही देता रहूँगा। हमारी जिंदगी भी एक क्रिकेट मैच की तरह जो हर कदम पर अनिश्चितताओं से घिरी हुई है, आखिर तक यह जान नहीं पाते कि परिणाम क्या होगा, लेकिन फिर भी अपने जुनून और जज्बे को कभी खत्म मत होने देना, बस इतनी सी नसीहत मैं भी देना चाहता हूँ, अगर आपका उद्देश्य आपकी काबिलियत और रुचि के अनुरूप है तो जुनून और जज्बा खुद व खुद पनपने लगेगा और तब एक हद तक किसी के परामर्श की जरूरत भी नहीं पड़ेगी और आपकी आपके उद्देश्य के प्रति निरंतरता आपको आपकी मंजिल तक आखिर ला ही देगी। आज हमें कदम कदम पर जागरुक रहने की जरूरत है, अकसर कई काबिल विध्यार्थी अच्छी नौकरियों, अच्छे संस्थानों आदि से वंचित रह जाते हैं क्योंकि पता ही नहीं चल पाता और चलता भी है तो तब तक बहुत देर हो चुकी होती है। हमारी जिंदगी भी एक परिपथ की तरह है जिसका पावर सिस्टम हमारे खुद के हाथ में है। अगर सही से कनेक्शन किया और सटीक मात्रा में वोल्टेज जारी किया तो करेंट प्रवाहित होगा और ज़िन्दगी की ट्यूबलाइट जल जायेगी। अन्यथा आपका एक गलत कनेक्शन पूरे परिपथ को बिगाड़ सकता है, और उसे निश्क्रीय बना सकता है। आप जानते होंगे और नहीं जानते तो बताना चाहता हूँ कि हम विश्व के सबसे मजबूत लोकतंत्र के साथ जीते हैं। जहाँ का संविधान दुनियाँ का सबसे बड़ा और लगभग त्रुटिहीन है, जिसमें अलग-अलग देशों के संविधानों से अच्छी और राष्ट्र को मजबूती प्रदान करने वाली बातों का समावेश किया गया है। यहाँ शासन वही करता है जिसे अधिकांश भारतीयों का समर्थन मिलता है, इसी तरह हम सभी कलाम नहीं हो सकते

जो खोये हुये जुनून को फिर से पा सकें और जो ऐसा कर भी जाते है तो वे "कुछ" ही होते हैं, "अधिकांश" नहीं। इसलिये हम अपने लोकतंत्र की तरह उस चीज को ज्यादा वरीयता देंगे जो अधिकांश विध्यार्थियो से समबंधित होगी अगर आप खुद को "कुछ" में से समझते हैं तो इससे अच्छी बात आपके और देश की प्रगति के लिये और क्या हो सकती है? अगर नहीं तब खुद की हकीकत को स्वीकार कीजिये और अपनी अच्छाइयों के साथ आगे बढ़िये और अपनी बुराइयों को कम करने का प्रयास कीजिये। "कुछ बनिये, बिगड़िये मत" बुरा बनने के लिये बस एक दिन या और सटीक कहूँ तो बस कुछ पल ही काफी हैं लेकिन अच्छाई को पाने की कोई क्षणिक प्रक्रिया नहीं है बल्कि यह तो एक बहुत ही जटिल और अत्यधिक लम्बी प्रक्रिया है। अच्छी शिक्षा प्राप्त करने के लिये किये गये प्रयास ही विध्यार्थी जीवन की सबसे बड़ी साधना और कर्म है, और हमेशा याद रखना कि काबिलियत किसी की विहाई हुई नहीं है और न ही किसी विशेष वर्ग के लिये आरक्षित है और न ही किसी एक देश, कौम, धर्म या जाति के लोगों के हिस्से में है। यह तो उस वैधुत धारा की तरह है जो उसी के काम आती है जो इसका उपयोग करना बेहतर से जानता है और उसे पाने के लिये प्रयासरत रहता है और बेजोड़ मेहनत करता है और जो इसके विपरीत दिशा में काम करते हैं या तो उनका परिपथ ही पूरा नहीं हो पाता और या फिर उनकी प्रतिरोधी क्षमता उन पर हावी हो जाती है। इसलिये उन्हें काबिलियत के बजाय निराशा का सामना करना पड़ता है, जहाँ कभी भी रोशनी चाहकर भी नहीं हो पाती क्योंकि वहाँ वैधुत धारा का परिमाण शून्य हो जाता है। बेहतर होगा आप और हम इसे समझ लें और अपनों को भी समय रहते समझा दें, वरना कुछ ऐसे घाव तोहफे में मिल जायेंगे जो उम्र भर भरकर भी नहीं भरेंगे।

जीवन का यथार्थ

मेरे हम उम्र साथियों, ये ज़िन्दगी तब और बेहतर लगने लगती है जब दूसरे हमारी सराहना करते हैं, हमें सम्मान देते हैं और इसका असर इतना प्रभावशाली होता है कि हम बहुत कुछ ऐसा मिल जाता है, जो कई लोगों को मेहनत करने के बाद भी नसीब नहीं होता। हममें एक सकारात्मक ऊर्जा का संचार होता है, इसलिये हमेशा कुछ ऐसा करने के प्रयास में प्रयासरत रहो कि जिससे आप भी किसी के दिल में रह सको, किसी की दुआ में रह सको, किसी की प्रशंशा का पात्र बन सको, अपना स्वभाव अच्छा रखो, अगर किसी की मदद कर सकते हो तो बेशक करो लेकिन उससे पहले उस काबिल बनना भी आप और जरूरतमंदो दोनो के लिये ही जरूरी है। आप ऐसे बनें कि जिससे आप दूसरो के काम आ सकें जरूरी नहीं कि एक आईआईटी ग्रेजुएट ही उपर्युक्त बातों पर खरा उतर सकता है और अच्छी नौकरी प्राप्त कर सकता है। दूसरी तरफ जरूरी यह भी नहीं कि एक आटो रिक्शा चलाने वाले इंसान का बेटा/बेटी आईआईटी में प्रवेश नहीं पा सकता या आइएऐस नहीं बन सकत्ता और न ही ये जरूरी है कि किसी के पास अगर जरूरत के सभी संसाधन मौजूद हैं तो उसे सफलता मिल ही जायेगी और जिसके पास इनका अभाव है वह सफल नहीं हो पायेगा। अब दौर बदल रहा है लोग शिक्षित होने के साथ-साथ जागरुक भी हो रहे

हैं, वंशानुगत परंपरा जो सदियों से चलती आ रही थी, वह अब पतन के छोर पर है, पूरी तरह से खत्म हो गयी है यह कहना मुश्किल है। आज सभी को समान स्तर पर लाने के सभी तरह के प्रयास सरकार द्वारा किये जा रहे हैं, मगर फिर भी उनमें कमियां हैं, कुछ लोगों को छोड़कर ज्यादातर अपनी जिम्मेदारी को समझ नहीं पा रहे हैं और उनमें भी शायद कुछ समझना नहीं चाहते जो भी हो कुल मिलाकर, वे अपने पद का गलत इस्तेमाल करके कायदे-कानूनो का सही तरह से अनुपालन नहीं होने दे रहे हैं, मानता हूँ आज भेद्भाव कम हुआ है लेकिन हर जगह नहीं और कम ही तो हुआ है खत्म नहीं, "कुछ" लोग बदले हैं, मगर "सब" नहीं, भ्रष्टाचार कम करने के लिये अन्ना हजारे, किरण वेदी, अरविंद केजरीबाल सभी एक जरूर हुए थे मगर राजनीति ने "एकता को अनेकता में परिवर्तित" कर दिया। छोड़ दिया अन्ना जी को अकेले ही एक विशाल दैत्य से लड़ने के लिये और खुद दोनों गद्दी की तलाश में निकल पड़े यह बहाना बनाकर कि नियम-कानून बदलने के लिये सत्ता में आना जरूरी है। खैर वह राष्ट्रीय मुद्दा है हम और आप तब तक कुछ नहीं कर सकते जब तक स्थिरता हासिल नहीं कर लेते, अगर आपको इस दौर में एक अच्छा मुकाम हासिल करना है तो आपको अच्छी शिक्षा ग्रहण करनी होगी आपको उसे अपनी व्यवहारिकता में इस्तेमाल करना सीखना पड़ेगा, अपने अधिकारों को बेहतर ढंग से जानना और समझना पड़ेगा उनका हनन होने से बचाने के लिये संघर्ष भी करना पड़ेगा और उस संघर्ष की शुरुआत हमारी इसी उम्र से शुरू होती है। आखिर कब तक घ्रर वालों के भरोसे रहकर आगे बढ़ने का प्रयास करोगे? एक जीवंत घटना के माध्यम से मैं इस बात को स्पष्ट करने का प्रयास करता हूँ और अपने

प्रश्न का उत्त्तर आपके समक्ष प्रस्तुत करता हूँ, मेरा एक साथी जिसका नाम अमित है, उसने अपनी दसवीं तक की पढ़ाई जवाहर नवोदय विध्यालय सिद्धार्थ नगर से पूरी की और उसके बाद उसकी मेहनत व काबिलियत ने उसे दक्षिणा फाउंडेशन का हिस्सा बनाया। वहाँ से उसने 11वीं तथा 12वीं की पढ़ाई क़े साथ-साथ आईआईटी में प्रवेश पाने के लिये निशुल्क रूप से कोचिंग की सुविधा प्राप्त की, जितनी ज्यादा उसे पढ़ाई करने के लिये सुविधाये मिलीं उससे कहीं ज्यादा उसने मेहनत की और उसकी निरंतरता 2 साल तक बरकरार रही, आगे बताने से पहले आप सभी को थोड़ा सा दक्षिणा फाउंडेशन के बारे में बताना चाहूँगा -

यह एक गैर सरकारी संस्था है जो नवोदय विध्यालय के प्रतिभाशाली छात्र-छात्राओं को आईआईटी में प्रवेश दिलाने हेतु निशुल्क शिक्षा प्रदान करती है। भारत में कई जगह इसके केंद्र हैं, इसी संस्था का बैंगलोर में स्थित केंद्र काफी प्रसिध है। हर साल बहुत से विध्यार्थी आईआईटी, ऐनआईटी जैसे अव्वल दर्जे के सरकारी प्रौध्योगिकी संस्थानों में प्रवेश पाते हैं और अपने भविश्य को बेहतर बनाने की कोशिश में लग जाते हैं। यह संस्था एक लिखित परीक्षा के जरिये नवोदय विध्यालयों के प्रतिभावान छात्र-छात्राओं का चयन करती है और उन्हें निशुल्क शिक्षा देती है, जैसा कि मैं बता चुका हूँ कि अमित भी इसी संस्था के अंतर्गत अध्ययनरत था, वह वहाँ 2 वर्षों में बहुत कुछ सीख गया था। इसके साथ ही उसने जेईई मेंस की परीक्षा अच्छे अंकों के साथ उत्तीर्ण की, जहाँ तक मुझे याद है कि उसने मुझे बताया था कि उसे 365 में से 200 अंक प्राप्त हुए थे, जो यह दर्शाते हैं कि अमित आरक्षण के सहारे नहीं बैठा था और इसके साथ साथ उसने कक्षा बारह की परीक्षा में 91.8% अंक प्राप्त किये और उसने

साबित किया कि अगर आप में काबिलियत है तब आप किसी भी परीक्षा में सम्मानजनक प्रदर्शन कर सकते हैं। इसी तरह जेईई एडवांस की परीक्षा में भी अमित ने अच्छा प्रदर्शन किया, उसे खुद पर विश्वाश था, उसे लगा कि आईआईटी में पढ़ाई करने का उसका सपना अब पूरा हो जायेगा, लेकिन उसे क्या पता था कि स्कूल और किताबी दुनियाँ के साथ-साथ एक बाहर की और भी दुनिया है जहाँ भेद्भाव, भ्रष्टाचार जैसे विषयों का पाठ पढ़ाया जाता है, आईआईटी में काउंसलिंग के लिये जो जरूरी प्रपत्र थे उनमें से एक महत्वपूर्ण प्रपत्र अभी तक नहीं बन पाया था, और वह प्रपत्र था जाति प्रमाणपत्र।। उस समय वह बैगलोर में ही था, उसके पास पुराना जाति प्रमाणपत्र था, लेकिन आईआईटी की काउंसलिंग के लिये नये की जरूरत थी, इसीलिये वह अपना नया जाति प्रमाणपत्र बनवाने के लिये वहाँ की नज़दीकी तहसील में गया और वहाँ बहुत मुश्किल से उस कर्मचारी को ढूँढ़ पाया जो संबंधित प्रपत्रों का काम देखता था, जैसा कि उसने मुझे बताया था कि जब वह वहाँ पहुँचा, तो सभी कर्मचारी ऐसे बर्ताव कर रहे थे कि जैसे उसने वहां जाकर कोई बहुत बड़ा अपराध कर दिया हो, कोई भी उसकी बात सुनने को तैयार नहीं था। फिर भी कहते हैं कि मजबूरी इंसान से क्या नहीं करवा लेती और फिर ये तो महज़ एक तुच्छ अपमान था जिसे हर कोई नजरंदाज कर सकता है काउंसलिंग की तिथि भी नजदीक आ रही थी। वह बहुत परेशानी में था क्योंकि उसकी 2 साल की मेहनत महज एक छोटे से प्रपत्र की वजह से मिट्टी में मिलने जा रही थी और वह चाहकर भी कुछ नहीं कर पा रहा था क्योंकि यह उसके अधिकार क्षेत्र से बाहर था। वरना शायद अपनी मेहनत के बल पर वह उसे भी प्राप्त कर लेता, थोड़ी हिम्मत जुटाते हुए अमित ने अपनी बात

उस कर्मचारी के समक्ष प्रस्तुत की जिसे वह ढूँढ़ रहा था, मैं बहुत-बहुत आभार व्यक्त करता हूँ उस कर्मचारी का जिसने अमित की बात सुनी और एक अपराधी के प्रति सहानुभूति दिखायी, क्योंकि अमित उत्तर प्रदेश से था इसलिये उसका पुराना वाला जाति-प्रमाणपत्र हिंदी भाषा में लिखा हुआ था, उस प्रमाणपत्र को देखते ही उस कर्मचारी ने उसे नजरअंदाज कर दिया और अमित से थोड़ा सा झुंझलाते हुए बोला कि जाओ पहले इसे अंग्रेजी भाषा में बदलवाकर लाओ, फिर बात करना, पता नहीं कहाँ-कहाँ से चले आते हैं। यह इज्जत है हमारी राजभाषा की और यह है भाईचारे की भावना। अपने संविधान की प्रस्तावना में हम सम्पूर्ण भारत में बंधुत्व का परचम लहराने की बात करते हैं, इसी के साथ हताश होकर अमित वापस लौट आया, एक बार पुनह वह अपने एक शिक्षक के साथ गया, लेकिन उसका जाति-प्रमाणपत्र समय रहते नहीं बन पाया। हालांकि इस बार सभी ने बात अच्छे से की थी, क्षेत्रीय व भाषायी भेदभाव का असर साफ पता चलता है ऐसे घटना क्रमों से, अब अमित को भी यह समझ आ गया था कि किताबी दुनियाँ से कहीं अधिक जटिल है ये बाहर की दुनियाँ, यहाँ लोग सबकुछ जानकर भी अंजान बनते हैं और मानवता का उपहास बनाते हैं, इसे भी जानना और समझना हमारे लिये बहुत जरूरी है, वरना हमारी उस पार की मेहनत इस पार आकर दम तोड़ देगी और हम टूटकर बिखर जायेंगे, हम यह कहते थकते नहीं कि पाकिस्तान में हिंदुओं के सथ भेदभाव किया जाता है, उनके साथ दुर्व्यवहार किया जाता है और हमारे लोकतंत्र का चौथा स्तंभ मानी जाने वाली मीडिया भी इसमें नमक का काम कर देती है, वह इस तरह की खबरें ढूँढ-ढूँढ कर पेश करती रहती है, जिनमें सच्चाई को एक अनोखे तरीके से प्रदर्शित किया जाता है, जिसमें

सच से ज्यादा झूठ होता है और इन्हीं आधी-अधूरी खबरों से देश में धार्मिक टकराव पैदा हो जाते हैं और धीरे-धीरे फिर यही सारे मुद्दे राजनीतिक रूप ले लेते हैं। देखते ही देखते फेसबुक, ट्विटर जैसी सामाजिक साइट के माध्यम से हर जगह चर्चा और बहस का सामूहिक केंद्र बन जाते हैं, वहीं दूसरी तरफ अमित जैसे हजारों-लाखों की तादाद में विध्यार्थी अपना भविश्य शुरू करने से पहले ही खत्म कर लेते हैं। हैरान करने वाली बात है कि मीडिया को इसकी कोई भनक तक नहीं लगती, हाँ लेकिन आज आमिर ने क्या पहना है, प्रियंका ने आज अपना दिन कैसे गुजारा या फिर काजोल ने आज नाश्ते में क्या खाया इत्यादि जरूरत से ज्यादा जरूरी खबरों की खबर मीडिया को जरूर मिल जाती है और मिलनी भी चाहिये वरना टीआरपी कैसे बढ़ेगी? खैर मेरा काम था अपनी बात आप तक पहुँचाने का इसलिये इसे बताना जरूरी समझा, वापस बात करता हूँ अमित के बारे में- काउंसलिंग का समय खत्म हो गया और आमित का सपना हक़ीकत बनते बनते रह गया। उसका कैरियर लगभग समाप्त ही था अगर उसका चयन GAIL UTKARSH SUPER 100 (कानपुर में स्थित निशुल्क शिक्षा देने वाली कोचिंग संस्था) में न हुआ होता, अमित ने हार अभी भी नहीं मानी थी, उसने अपने प्रयास जारी रखे और अपनी प्रतियोगित एवं प्रदर्शन दोनों को बरकरार रखा, वही मेहनत, वही जुनून, वही जज्बा अभी भी उसमें मौजूद था, उसमें धैर्य था और इसी वजह से अंत में उसे आईआईटी कानपुर में प्रवेश मिला। लेकिन मेरे प्रिय साथियों क्या जिंदगी हर किसी को अमित की तरह बार-बार मौके देती है? मुझे भरोसा है कि अमित की आपबीती से आप सभी को एक सबक जरूर मिला होगा, कई तथ्य सामने आये होंगे, जिसे समय रहते जान लेना हर एक विध्यार्थी के लिये

बेहद जरूरी है और जानने के साथ-साथ उन्हें लागू करना भी, अमित की तरह अपने उद्देश्य के प्रति जुनून और इमानदारी कायम रखो और मेहनत करते रहो, लेकिन इसी के साथ बाहरी दुनियाँ के साथ सामंजस्य स्थापित करना भी उतना ही जरूरी है जितना की हमारा पढ़ना जरूरी है वरना सारी मेहनत व्यर्थ भी जा सकती है मैं नहीं चाहता हममें से कोई भी विध्यार्थी अपनी काबिलियत के बजाय सामजिक ज्ञान की कमी से अपनी मंजिल के दरवाजे तक पहुंचकर वापस लौट आए, इसलिये खुद को हर तरह की स्थिति के लिये तैयार करो, अपनी बात को लोगों के बीच सहज और सरल रूप से रखने का प्रयास करो, अपनी बात को दूसरो को विनम्ररूप से समझाने का प्रयास करो, सामाजिक सरोकार को भी अपने जीवन का एक हिस्सा बनाओ और खुद के साथ -साथ दूसरो की भी मदद करते रहो, पता नहीं कब किस वक्त आपको किसी की मदद की जरूरत पड़ जाये, और दूसरो के हाथ आपकी मदद के लिये तभी उठेंगे जब आप भी दूसरो के लिये सहायक बनेंगे, अगर ये सभी आदतें आप खुद में संचारित कर ले गये तो आपकी कबिलियत और मेहनत कभी व्यर्थ नहीं जायेंगे, हमेशा मेरी एक बात याद रखना कि -

"मंज़िलें चाहें कितनी भी दूरी पर क्यों न हों या फिर चाहें कितनी ही ऊँचाई पर क्यों न हों उन तक पहुंचने वाले रास्ते हमेशा कदमों के नीचे ही रहते हैं»

अपनी पहचान, अपना सम्मान, और अपना ईमान हमेशा सम्भालकर और बरकरार रखना, यह आप में आत्मविश्वाश जगाकर रखेगा, जिंदगी में असली सफलता तो हमें तब मिलती है "जिस दिन लोग हमारे माता-पिता को लोग देखकर कहने लगते हैं कि यही सचिन के मां-बाप हैं"एक सिकंदर की तरह जीने के लिये अपने प्रयासों को निरंतर जारी रखना

होगा आपके पास जो भी ज्ञान है उसे दूसरो में बाँटने का प्रयास कीजिये यही एक ऐसी चीज है जो बाँटने से बढ़ती है, इसके प्रमाण रसायन विज्ञान की एक रासायनिक अभिक्रिया से मिलते हैं, जब नाभिकीय विखंडन होता है तब न्यूट्रान एक विशेष गणितीय संक्रिया का पालन करते हैं और 1-3-9-27-81.....की संख्या में बढ़कर एक विशाल विस्फोट का निर्माण करते हैं, जिंदगी में प्यार और सम्मान से बढ़कर कुछ नहीं है, आप कितने भी धनी क्यों न हों उपर्युक्त दोनों में से किसी को भी खरीद नहीं सकते और उपर्युक्त दोनों चीजें अगर आपके पास हैं तो मैं अगर कहूँ कि दुनिया की हर दौलत आपके पास है, तो यह बिल्कुल सही होगा।

हमेशा याद रखना कि -

"कमाई कितनी भी क्यों न हो जाये लेकिन मौत खरीदी नहीं जाती" मेरे जीवन की अभी तक की सबसे सुंदर पंक्तियाँ यही हैं कि -

"कई संग्राम जीते अंत में कुछ काम न आया,
हमारी रह में अक्सर कभी अभिराम न आया,
मगर जब मौत आयी, एक सिफारिश न चली मेरी
सिकंदर नाम भी मेरा मेरे कुछ काम न आया"।

आज भी ऐसे कई विध्यार्थी हैं जो गरीबी में भी खुद को संतुलित बनाये हुए हैं और आपने उद्देश्य के प्रति पूर्ण रूप से समर्पित हैं, मैंने खुद कई ऐसे विध्यार्थियों को देखा है जो समय निकालकर ट्यूशन देते हैं और खुद की पढ़ाई और किताबों पर होने वाले खर्च के लिये रुपये खुद ही कमा लेते हैं क्योंकि वे जानते हैं कि घ्रर से इतना पैसा नहीं मिल पायेगा, और इसी के साथ-साथ वे अपनी पढ़ाई भी करते हैं और अपनी निरंतरता को, अपनी मेहनत को बरकरार रखते

हैं, वे यह बात अच्छी तरह से जानते हैं कि रोने से कुछ हाथ नहीं आने वाला और जब ईश्वर ने अच्छा दिमाग दिया है तो रोया भी क्यों जाये, उन्हें पता है कि खुद की मदद स्वयं ही करनी होगी और इसलिये उन्हें कोई न कोई तरीका तो खोजना ही होगा, खुद की गरीबी से लड़ने के लिये और अपने उद्देश्य की प्राप्ति के लिये, उनका धैर्य, उनकी हिम्मत कभी खत्म नहीं होती और सबसे अहम बात तो ये है कि वे सभी हमीं में से एक हैं, हमें कहीं बाहर जाने की जरूरत नहीं है हमारे ऐसे साथी ही हमारी प्रेरणा बनने के लिये पर्याप्त हैं, हम हर क़दम पर उनसे सीख ले सकते हैं और अगर आपके पास सीमित संसाधन नहीं हैं तो आप अपने दोस्तों के साथ बैठकर आपस में बाँटकर पढ़ सकते हैं और अपनी आवश्यकताएं पोरी कर सकते हैं बस शर्त फिर वही है जो मैं आपको पहले भी बता चुका हूँ और फिर बता रहा हूँ क्योंकि एक बार में सब कुछ याद कैसे रख सकते हैं, वह शर्त यह है कि आपका व्यवहार अपने दोस्तों के साथ अच्छा होना चाहिये, अपनी क्षमताओं के हिसाब से, उन्हें पहचानकर अपनी योजना बनाना एक अच्छे विध्यार्थी की सबसे बड़ी खसियत है, हमेशा अपने दिमाग और दिल के बीच सामंजस्य बिठाकर चलना सीखिये,किताबी ज्ञान के साथ-साथ व्यावहारिक ज्ञान का होना बहुत जरूरी है, वरना कोई पहचान नहीं बना पाएँगे लोगों के बीच,सामाजिक रिश्तों की समझ भी होना भी अनिवार्य है और उनकी क्द्र करना भी हमारा नैतिक कर्तव्य है जिसे हमें भूलना नहीं चाहिये और न ही नजरअंदाज करना चाहिये, वरना हम अकेले अकेले हो जायेंगे, हमारे पास वेशक पैसा तो होगा लेकिन खुशी नहीं, हम पैसे से मखमली विस्तर तो ख़रीद लेंगे शायद सुकून की नींद नहीं, हमारे पास घर तो होगा लेकिन "घर" नहीं, कहने

के लिये पैसों से अपने तो शायद मिल भी जाएंगे लेकिन शायद अपनापन कभी नहीं मिलेगा, हमने देश तो जरूर जीत लिये होंगे लेकिन लोगों के दिल नहीं।

भौतिक विज्ञान में एक तथ्य है कि अगर किसी वस्तु को स्थिर अवस्था में रखना है तो उस पर लगने वाले सभी बलों के सामूहिक परिमाण को हमें शून्य करना होगा, अन्यथा वस्तु स्थिर अवस्था में नहीं रह पायेगी, ठीक उसी तरह अगर हमें खुद की पहचान, सम्मान और ईमान को बरकरार रखना है या स्थिर रखना है तो हमें स्वयं को संतुलित जीना होगा और जब हम संतुलित जीना सीख जायेंगे तब निश्चित ही हम अपनी अवस्था में धनात्मक त्वरण लाकर खुद की गति को बढ़ा सकेंगे, जब हम ऐसा करने में सफल हो जायेंगे, तब जरूर हम समय रहते अपनी मंजिल तक पहुंच जायेंगे। समय की मांग और स्वयं की क्षमता को हर हाल में पहचानना सीखना ही होगा और अपने उद्देश्य के प्रति आवश्यक कदम उठाने ही होंगे अन्यथा समय की लाठी की मार ज़िन्दगी में ऐसे जख्म दे जायेगी जो उम्र भर नहीं भर पायेंगे और ऐसा ही संदेश हमें वह सूरज देता है, जिसके निकलने और ढलने को हम नजरंदाज करते रहे हैं और इसी के संबन्ध में किसी ने बहुत सुंदर लिखा है कि -

"रोज ढलता हुआ सूरज कहता है मुझसे कि ज़िन्दगी को वेवफा हुये एक और दिन बीत गया"

हमारा एक-एक दिन हमारे लिये बहुत कीमती है, इसका सदुपयोग करना सीखिये और अपने उद्देश्य के प्रति सजग रहिये और उसे पाने के प्रयास मे प्रयासरत रहिये, निश्चित ही आप एक दिन जरूर सफल होंगे,यह मेरा वादा है आप सभी से।

अंतिम अनुरोध

अंतिम अनुरोध बस यही है कि महज़ कुछ गलतियों की वजह से अपनी ज़िन्दगी में इतनी असानी से हार मत मान लेना, शायद आपकी यही अंतिम हार हो, इसके बाद आपकी जीत का सिलसिला शुरू होगा, जिसके बाद लोग आपकी जीत पर कहा करेंगे कि आप ही थे, वे जो हार से हारकर भी नहीं हारे और अंत तक लड़ते रहे और ऐसे लड़े कि आखिरकार हार ने भी आपके आगे अपना सिर नम्रता से झुका दिया। ज़िन्दगी में उतार-चढ़ाव हमेशा आते रहेंगे। हम या आप इस उतार-चढ़ाव को नकार नहीं सकते और न ही इससे पीछा छुड़ा सकते हैं, क्योंकि यह प्रकृति का नियम है। लेकिन हम अपनी बेहतर योजनाओं के साथ उन पर विजय प्राप्त कर सकते हैं। ज़िन्दगी में संघर्ष अनवरत चलता ही रहेगा, इस संघर्ष से दूर मत भागना अन्यथा, परिणाम दुखदायी हो सकते हैं। अपना मार्ग प्रशस्त कीजिए, अपने आयामों का आंकलन करके, अपने पथ पर सतत बढ़ते रहिये। यही इस पुस्तक का सार है, यही एक “पहल” है, जो कुछ शर्तों और नियमों को ध्यान में रखते हुये, “सफलता की ओर” जाती है।

"मौके और मुकाम आसानी से नहीं मिलते,
उन्हें पाने के लिये तलाश और कोशिश दोनों को ही
जारी रखना पड़ता है"